포토 에세이

불편한 침묵

불편한 침묵

1판 1쇄 발행　　2022년 11월 25일

지은이　　　윤중일
사　진　　　尹中一
발행인　　　이선우
펴낸곳　　　도서출판 선우미디어
　　　　　　등록 ㅣ 1997. 8. 7 제305-2014-000020
　　　　　　02643 서울시 동대문구 장한로 12길 40, 101동 203호
　　　　　　☎ 2272-3351, 3352 팩스: 2272-5540
　　　　　　sunwoome@hanmail.net
　　　　　　Printed in Korea ⓒ 2022. 윤중일

18,000원

ISBN 978-89-5658-719-6 03810

Photo Essay

포토 에세이

불편한
침묵

윤중일   글·사진

선우미디어 sunwoomedia

고맙고 다행이다

조잘대는 새소리에 새벽잠을 깨우고 싶다. 숲속에 자리한 집 가까이엔 개울물 소리 어렴풋이 들렸으면 좋겠다. 조금 걷다보면 악기보다 정겨운 사그락 댓잎소리, 그 바람 일렁임 보고 싶다. 앞뜰에는 금낭화 꽃잎에 벌이 앉아 꿀을 따는 모습 매크로렌즈로 담아보고도 싶다. 가끔은 찾아오는 벗들과 세상 돌아가는 얘기를 안주삼아 솔잎주 잔 기울이면 세월 가는 줄 모르리.

늘그막엔 꼭 숲속에 살아야지 했다. 그렇지만 오랜 세월 함께 공부해온 벗들 그리워 이곳을 떠날 생각은 못하겠다. 십오 년째 매주 한 번씩 이들과 문학수업을 한다. 밥 먹고 차 마시고 나들이도 하면서 핏줄보다 더한 인연을 지어왔다. 이들을 떠나 산다는 건 숲속 생활을 마다하는 아내가 아니더라도 어렵겠다. 무엇보다 근자에 이르러 성인병을 달고 사는 나로서 대형병원을 멀리 두고는 더욱이나 못할 짓이다. 이래저래 서울을 등질 생각일랑 접어야지 마음 편하겠다.

문우들은 대부분 나보다 한참 청춘이다. 스물한 명 중 누님 두 분 외모두 동생들이다. 남자 둘은 나에게 형님, 그외 아리따운 여인들은 오라버니라 부른다. 그들과 함께 나도 젊은 기분이 되어 겉치레보다는 속이

알찬 문학 활동을 하고 있으니 복 받은 인생임에 틀림없다.

사진 백여 장 곁들여 수필집을 출간한 지 오래다. 코로라19 때문에 두 해 넘도록 문을 걸어 잠근 채 만남을 자제하며 잔뜩 웅크린 채 지냈다. 결코 예상하지 못한 비생산적인 나날이었다. 그래 게을렀나 싶은 핑계를 대면서도 써진 글들이 썩 내키지가 않다.

사십육 년 동안 사진 찍는 걸 취미로 사진을 벗어난 삶은 생각한 적이 없었다. 늘 함께였던 사진 활동을 이제 마침표 찍을 때가 온 것 같다. 그렇지만 다리 힘이 없어도 계속하여 글을 쓸 수 있으니 얼마나 감사한가.

2006년 내게 처음으로 수필이란 불씨를 안겨준 대구의 구활具活 선생께 고마운 마음을 뒤늦게야 전한다. 심산유곡 약초 같은 글이 써지도록 더 공부해야겠다. 그리고 책을 예쁘게 만들어 주신 선우미디어 편집부에도 감사를 드린다.

내 곁에 夢村수필문학회 문우들이 함께여서 참 다행이다.

2022년 11월 초순

愚齋 尹中一

차 례

조각배 바람에. 2006.

불편한 침묵

가을 억새

숲에 살리라

등성이 너머 바람 따라 걷다가

바람꽃 무리 나지막이 있는 곳

나비 한 마리 찾아와

여기저기 꽃술을 더듬네

꽃이 거기 있음을

바람은 멀리 있는 나비에게 알렸을까

꿩의바람 국화바람 회리바람 바이칼바람꽃

바람꽃으로 피어나는 봄빛

눈 비 맞아가며

바람 따라 흔들리다

바람꽃이 되었나

이슬 먹은 바람꽃

소쩍새 울음이나 반길까

그리움이 바람이라면

등성이로 숲길 혼자

바람처럼 흔들려도 좋겠네

바람꽃 되어

　　　　-자작시 「바람꽃처럼」 전문이다.

사십 대부터 이십여 년을 강남에서 살았다. 아이들은 소위 8학군인 논현동에서 초중고를 다녔고 대학에 갔다. 그후 송파 올림픽공원 부근으로 이사를 해서 또 열다섯 해를 살았다. 호흡기가 좋지 않은 나는 일생을 천식 증세로 고생을 한다. 아침마다 기관지 확장제인 흡입기로 흡입을 하면서 하루가 시작된다. 논현동과 올림픽공원 부근은 확연히 공기가 다르다. 송파가 훨씬 맑은 공기인 걸 몸으로 느낀다.

가끔 술이 생각나면 멀리 떨어진 아우에게 메시지를 보내지만 당장 만남이 이루어지지 않아 허전하다. 그럴 때면 가까운 횟집에서 혼자 세꼬시 한 접시와 소주 한 병을 시킨다. 반병이면 적당하고 친구와 오래 이야기하며 마셔도 한 병이면 족하다.

언젠가 강원도 대관령 숲속에서 지인과 마주했다. 그런데 그날은 소주 두 병을 마셔도 취하지 않았다. 두 병씩이나 마신 적이 언제던가. 이삼십 대를 제외하고 한 번도 없던 일이다. 그때 당장은 몰랐는데 나중에야 깨끗한 공기 때문이란 걸 짐작할 수 있었다. 공기 중에 산소가 많으면 술도 취하지 않나보다. 이튿날이 되어서도 속이 개운한 그 느낌은 숲에 살고 싶은 마음을 부채질했다.

앞으로 사회 활동을 몇 년이나 더 할 수 있을까. 내 나이 아무리 짚어봐도 황혼인 건 분명하다. 지난 십 년을 돌아보면 엊그제만 같다. 앞으로 십 년이나 더 살아질까. 십 년 후면 여든 후반인데 대체 그 나이에 뭣을 할 수 있을까.

부산에 사는 이질이 60세로 폐암 선고를 받은 지 넉 달 만에 세상을 떴다. 엊그제는 90세로 혼자 사는 선배를 찾아뵙고 사는 게 참 서글프다는 생각을 했다. 찾아오는 이 아무도 없는 작은 아파트에서 선배의 삶은 감옥이나 마찬가진데 가쁜 숨을 헐떡거린다.

더 늦기 전에 바람꽃 나지막이 핀 등성이 부근에 움막이라 지어서라도 살고 싶다. 아침저녁으로 흡입기를 써야하는 천식환자인 내게 깨끗한 공기보다 더 소중한 친구는 없을 성 싶다. 내 마음은 벌써 서울을 떠난 지 오래다. 숲속에서 자연과 벗하며 읽고 싶은 책 마음대로 읽으며 쓰고 싶은 글도 썼으면 좋겠다. 가끔은 찾아오는 벗과 술잔이라도 마주할 수 있다면. 그러다 홀연히 사라져도 추호의 후회는 없으리.

2019. 8. 7.

무섬마을 징검다리

십 년 만 젊었어도

이른 아침 올림픽공원/ 풀잎 끝에 매달린 이슬은/ 잎새마다 초롱하다/ 햇살이 한 뼘쯤 높아지면/ 금방 떠나버리고 말/ 진주 같은 물방울에 혀를 댄다/ 풀잎 같이 가녀린 여자 하나/ 날마다 목마르다.// 아침 햇살에 빛으로 구르다/ 흔적 없이 떠나면 그만인데/ 바람에 사라지는 이슬처럼/ 오래된 정분도 허물어지지/ 소주 두어 병 단숨에 마시고/ 풀잎처럼 쓰러진다./ 잎을 흔드는 바람 같이/ 사랑은 날마다 허기지다

자작시 「풀잎 이슬」 전문이다. 가녀린 여자 하나 날마다 그리운 것은 내면의 허기를 채우지 못해 늘 방황하고 사색한 이유이기도 하다. 건강한 몸뚱이 하나 뿐 가진 것도 배운 것도 없이 사람들과 섞이면서 위축되고 나약해지던 것은 어쩔 수 없는 현실의 멍에였다. 생각할수록 배움의 기회를 잃어버린 것은 내 인생에서 돌이킬 수 없는 낭패였다. 사진 하나 붙잡고 때때로 길에 나선 것은 어딘가 매달려 내면에 가득 드리운 애증에서 벗어나고 싶어서였다.

70년대 초반은 몹시 힘들고 어렵고 참담했던 시절이다. 삼십대 초반이었던 그 당시는 내 형편상 사진을 취미로 생각하는 자체가 사치였다. 셋방살이를 하면서 고급사진기를 장만한 것은 만용이었다. 하지만 그렇게 사

진에 빠지지 않았다면 나는 세상의 늪을 건너 무사히 오늘에 이르지 못했을지도 모른다. 사진과의 만남은 필연이었다.

그로부터 45년, 물질적 지출은 좀 과도하다 싶어도 전혀 아깝지가 않다. 사진이 가져다 준 사색과 내면의 안정은 건강하고 튼튼한 사회인으로 살아가는데 충분한 역할을 했다. 자식 셋을 키우며 사는 와중에도 다 버리고 사진만 찍었으면 좋겠다는 생각이 들 때가 있었다. 그러기라도 했다면, 제주도 오름만 찍다 죽은 저 유명한 김영갑 씨처럼 오십 줄에 단명했을지도 모르겠다. 그는 사는 동안 참으로 행복했으리라. 미혼이었으니 딸린 식솔도 없겠다 날마다 가고 싶은 곳을 가고, 찍고 싶은 대상에 심취하는 것은 몰입이고 오르가슴이라 그러다 죽어도 좋겠다 싶었다. 하지만 내가 사진에 몰입되던 때는 이미 자식을 셋이나 둔 시점이었기에 핏줄에 대한 책임에서 벗어날 수 없었다. 그 멍에를 지고 여태 죄를 짓지 않고 버틸 수 있었던 것은 사진의 힘이라 여긴다.

사진은 나에게 통쾌한 놀이이며 유희였다. 사진 하나만도 실은 엄청 버거웠으므로 더 이상 옆을 돌아볼 틈도 없이 앞만 보고 살 수밖에 없었다. 그나마 자연 속에서 사색하고 흠뻑 젖어 풀잎처럼 흔들릴 수 있었던 것은 다행이었다. 그러다 늦은 나이에 문인의 길로 들어선 것도 생각해 보면 운명인 듯싶다. 그 길목에서 끄적거린 글들이 수필가의 길로 들어선 동기다. 다만 글쓰기가 너무 늦은 게 유감이긴 했다. 좀 더 일찍 입문했더라면 하는 아쉬움이 크다. 시도 마찬가지다. 이곳저곳 문을 두드리다 2년이 가까워서야 써지던 게 시였다. 수필과 다른 시의 본질을 이해하기 위해 오규원의 현대시작법 등 다양한 시의 모색과 국내외 시집을 탐독했다. 「당신의 이름을 지어다 며칠은 먹었다」는 박준의 시는 종래의 시에 대한 파격으로 시가 될 수 있는 소재를 찾는데 도움이 되었다. 그래도 시는 어렵고 버겁다. 너무 깊어 차츰 그 늪에 빠지고 싶어도 젖어들기가 어렵다. 무엇이거나 스스로 그런 계기를 만들어 붙잡지 않고 가만히 앉아서 기다리기만 했다면 잠든 내면은 충격이나 바람을 일으키지 못했을 것이다.

사진가 동료나 아우들이 개인전을 하지 않는다고 들볶지만 거기까지 신경 쓸 형편이 못 되었다. 할 형편만 됐다면 열 번도 더했을 거다. 도록발행과 7일 정도 전시하려도 최소 2천만 원이 든다. 동아리 전시회에 한 점씩 출품한 것은 백 번도 더 되지만 개인전은 꿈도 꿀 수 없었다.

이번 문학의집 서울에서 전시회를 하게 된 것은 생각지 않았는데 시인 이희자 사무국장께서 권유해 엉겁결에 후다닥 결정한 우연이다. 권남희 선생이 넓은 전시장을 혼자서 전시하는데 반을 나누어 같이하면 어떻겠냐는 의견을 보내왔다. 우연을 가장한 필연이라는 생각을 하면서 전시회를 하기로 했다. (2019. 7. 18~8. 17)

전시회를 위해 바쁘게 사진을 고르면서 장소가 각기 다른 그 현장에 섰던 때가 생각나고 저절로 미소가 일었다. 더러는 죽을 만큼 고생했던 장면도 생각나 아찔하지만 기분은 새롭기만 했다.

사진은 마약과 같다. 뒤쪽이 낭떠러지벼랑인 걸 진즉에 알았으면서 파인더 속의 화면에 빠져 조금씩 뒷걸음질치다 떨어져 죽은 사람, 고산지역을 자동차로 이동하다 악천후로 계곡에 처박혀 생을 마감한 사람도 있었다. 백두산 정상 기상대에 여장을 풀고 이레 동안 묵으며 천지 물가까지 칼바위 벼랑을 걸어서 내려가며 몇 번이나 나자빠지고 바위에 긁혔던지. 그렇게 두 시간을 내려가 천지 물가에서 다시 호변을 두 시간 더 걸어가야 촬영현장에 닿는다. 호변에 길이 있는 것도 아니고 자연 그대로의 바위와 암벽을 타고 넘어 현장에 가서도 끝내 기상이 좋지 않아 헛걸음으로 되돌아올 때면 정말 허탈하다. 삼각대와 촬영 장비를 짊어지고 가고 오는 동안 몸은 곤죽이 되어 흐느적거려도 내일은 날이 개어 좋은 작품을 만나겠거니 위안하며 견딘다.

사진은 발품의 결과다. 현장에 서지 않고선 거기 걸맞은 장면을 촬영할 수가 없다. 건강한 육체로 열정적으로 많이 쫓아 다녀야 결과물이 나온다. 그런 점에서 팔순이 눈앞인 나는 이제 더 이상 길에 나설 수가 없어졌다.

칠십 대까지의 왕성하던 에너지는 찰나에 머물다 떠난 것처럼 꽃잎 지듯 가 버렸다. 젊음보다 더한 가치가 세상에 어디 있으랴. 살아내야만 하는 이유와 모든 장애를 뛰어넘을 수 있는 에너지가 젊음에서 나오니 말이다. 누구라도 다리가 튼튼할 때 가능한 열정을 쏟아 붓기를 권한다. 늙어서도 혼자 몰입될 수 있는, 그 무엇이든 간에 기력이 있을 때 취미를 살려야 한다. '십 년만 젊었어도'라고 되뇔 때는 다시 되돌릴 수 없는, 이미 떠나버린 시절의 회한일 뿐이다. 그런 면에서 글을 쓸 수 있다는 것은 크나큰 행운이다.

글도 탐구하고 써 버릇하지 않으면 좋은 글이 써지지 않는다. 글쓰기에 빠져 흠씬 매달릴 수 있다면 어찌 축복받은 인생이 아니랴. 글을 잘 쓴다는 것은 참으로 선택받은 인생이다. 글을 쓰는 모두는 대중 속에서 축복받은 삶을 산다는 자부심을 가져도 좋겠다는 생각을 해 본다.

다만 하나 바라기는 십 년만 더 젊었으면 얼마나 좋을까.

2019. 7. 15.

다시 태어난다면

돌아보면 내 어린 시절은 모든 게 부족하고 어려운 시대였다.

무릎이 깨져 피가 나던 일이 부지기수인데 그때마다 마른 흙으로 문지르거나 된장을 찍어 발랐다. 배가 아프면 담 밑에 심어놓은 육모초 잎을 찧어 녹즙을 먹었던 게 유일한 처방이었다. 어지간한 외상이나 화상은 그냥 낫기만 바랄 뿐 거즈나 붕대는 이름조차 들어보지 못했다. 신문지도 없던 시절이라 비료포대 종이를 방바닥에 발라 콩기름을 먹여 제법 매끄럽게 다듬어 물이 스머들지 않게 장판지를 대신했다. 뒷간에서 볼일은 볏짚 북데기를 부드럽게 비벼서 썼다.

감기나 질병에 걸리면 집집 마다 무당을 불러 박바가지 물을 입으로 내뿜고 부엌칼을 마당에 내던지며 귀신아 물렀거라며 푸닥거리를 하는 게 고작이었다. 아기가 태어나도 몇 해가 지나도록 호적에 올리지 않았다. 국민학교에 입학을 하고보니 나보다 네 살 많은 동기생도 여럿이었다. 유아기에 찾아오는 전염병인 홍역에 걸려도 그냥 멍한 눈으로 살아나기를 바랄 뿐 약 한 첩 쓸 형편이 못되던 시절이었다. 내 동생도 홍역으로 네 살 때 죽었다. 인간으로 태어난 자체가 특별한 선택이긴 하지만 소아마비나 홍역을 이기고 유년을 살아내는 건 순전히 운명이었다. 면 소재지 통틀어 기와집이 보기 드물었고, 집집마다 초가집 지붕을 벗기면 손가락만한 굼

외가리와 벌

벵이가 수두룩했다. 어른들은 장죽의 담뱃대를 물고 부싯돌로 불을 댕기던 그 시절 평균수명은 50세도 못되었다.

석가모니, 공자, 소크라테스 등 성자聖者는 모두 기원전인 2,500년 전 사람인데 장수하지 못했다. 구약성경에 나오는 노아는 지금으로부터 5천년 전 사람인데 950세를 살았다고 한다. 그 시대 무드셀라는 인간수명 최대인 969세를 살았다고 기록되어 있다. 지구가 깨끗해서 전염병이 없었을까.

2019년 말 중국 후베이성湖北省 우한武漢시에서 발생한 신종 코로나19 바이러스가 전 세계에 퍼져 2020년 중반 UN산하 WHO는 신종전염병으로 제정 발표하기에 이른다. 환자와 밀접 접촉하지 않고 1m거리만 근접하여도 전염되는 것으로 확인되었다. 우리나라도 확진자 수가 1만 명을 넘었고 사망자는 1천 명에 이른다.

사회적 거리 두기 캠페인이 벌어져 모든 학교는 21년 4월 10일 현재 개학도 못하고 모든 행사와 집단 모임은 전면금지 상태다. 공연장이나 영화관 심지어 지하철까지 텅 비었다. 약국에서는 마스크가 품절이 되고 2천원짜리 마스크가 일만오천 원으로 폭등했다. 스페인은 질병의 진원지 중국보다 더 많은 하루 800명의 사망자가 나왔고, 미국도 하루 1,500명의 사망자가 생겨나 세계 최대 감염국가가 되었다.

유럽에 이어 우리나라도 미국 전역에서 입국하는 모든 사람에게 2주간 격리를 원칙으로 한다는 발표를 했다. 사스의 치사율이 20%인데 비해 코로나바이러스는 4%대라는 사실이 그나마 다행인가. 지구상 160여개 국가가 발병하여 4월 둘째 주 부활절은 전 세계 신자들 모두 모임을 금지하고 화상으로 예배를 보는 초유의 사태가 발생했다.

오늘날 세계는 이처럼 여러 가지 질병과 공해로 찌들었는데 아니러니하게도 인간 수명 이백 살을 살게 될 날이 멀지 않은 것 같다. 사람의 장기도 닳아 쓸모없는 기계부품 교환하듯 병든 장기를 맞춤 제작하여 대체하는 날이 멀지 않은 것 같다. 그렇다고는 해도 지난 세월 전쟁의 포화를 뚫고 가난과 질병을 이겨내고 큰 병치레 없이 팔순까지 살아냈다면 그것은 특별한 축복이겠다.

삶의 보편적 가치가 결혼하여 자식을 낳고 잘 길러 짝지어 보내고 해로하는 것이라면 나는 잘 살아온 건 맞다. 국가의 부름을 받아 삼십사 개월 동안 군복무도 완수했고 사회구성원으로 납세 의무도 다했으니 말이다. 무엇보다 주변을 둘러봐도 대부분 손자가 많아야 너덧인데 나는 일곱이나 되니 국가존립의 기본인 종족복원의 의무도 충실히 했음이다. 그럼에도 다 이룬 것 같은 늘그막에 이 끝없는 허기와 갈증은 대체 무슨 연유인가.

금혼식을 올린 지도 몇 해 지난 요즘 돌이켜 보니 결혼하지 않았으면 어땠을까 하는 생각을 해본다. 아이 셋을 낳고 이사를 열 몇 번 다니는 동안 사는 게 힘들고 쪼들린 생활의 연속이었던 때문이 아니다. 나의 결혼은 한 여자에게 많은 짐과 상처를 안겨 주었고, 자식들에게도 자유로운 어린 시절을 안겨주지 못했다. 무엇보다 내가 살고 싶은 삶을 살지 못해 후회스럽다. 젊은 시절 공부를 지속적으로 할 수 있었음에도 하지 못한 것은 사는 동안 내내 후회였다. 돌아보면 여자 없이 못 살 팔자면서 결혼이 후회된다. 결혼 때문에 제대로 못 살아온 것만 같다.

여자에게 배신당한 적도 상처를 입은 적도 없었지만 여자는 오리무중 아무리 파헤쳐도 알 수 없는 미궁이고 신비스러우면서 흠모의 대상이었다. 남자가 넘볼 수 없는 갖가지 타성— 햇풀 같은 깨끗함과 깊이를 알

수 없는 동굴 속처럼 미혹으로 헷갈렸고, 헐빈한 것 같으면서 무성하고 맑고 깨끗한데 얼음처럼 차가운 냉정함에 얄미웠다. 그럼에도 내게 있어 여자는 실핏줄 같은 그리움의 대상으로 일생동안 거부할 수 없는 사랑의 화신이었다. 여자 없이 존재할 수도 없었으면서 늘 혼자 살고 싶은 꿈을 꾼 것은 이율배반인가.

좀처럼 그악스럽다 소리 안 듣고 살았다. 남에게 돋보일 몸짓도 안 했지만 눈살 찌푸릴 짓은 애초 하지 않는다. 자존심과 명예를 목숨처럼 여기는 탓에 상대가 싸움을 유발해도 결투는 피하는 쪽이다. 그리고는 혼자 소주 병나발을 분다. 어릴 때부터 착하단 소리를 귀에 못이 박이도록 듣고 살아 가끔 와장창 부수고 싶은 치기를 늘 참는 편이다.

특히나 이즈음 정치판을 보며 낯짝 뻔뻔한 인간들을 돌려차기로 단번에 제압해 때려눕히고 싶은 생각으로 잠을 설치기도 한다. 모질다 괴팍하단 소리가 내겐 필요하다. 그래서일까 폭력적인 영화나 드라마를 보면 신이 난다. 다시 태어나 한 번 더 삶의 기회가 주어진다면 독신으로 면벽구년 참선하는 스님이 되었을까. 아니면 프랑스의 김인중 신부처럼 종신토록 성베네딕토 도미니코 수도원에 입문하여 일하고 그림 그리며 기도를 했을까. 아니라면 인간 내면의 진정이 샘솟는 이슬처럼 맑고 투명한 이야기나 글로, 여느 손가방 속에 친근하게 넣고 다닐 수 있는 시집을 한 권 낼 수 있어도 참 좋겠다.

문무대왕암 일출

불편한 침묵

아침저녁 부지런히 칫솔질해도 어느 틈엔지 모르게 치석으로 덮여버린다. 혓바닥으로 훑거나 거울로 비춰보고 시기가 되었다 싶으면 치과에 간다. 정기적이진 않지만 1년에 한 번쯤은 스케일링을 하는 편이다. 어금니가 아직은 불편 없이 보존되어 이빨만은 타고난 복이라 생각한다.

나이 칠십 넘도록 발치한 어금니 하나 없고 마른 누룽지도 씹을 수 있으니 다행 아닌가. 그래도 스케일링만은 1년을 넘기지 않도록 신경을 쓰는데, 특별히 정해 둔 곳은 없고 시간이 나면 집 앞이나 사무실 근처 아무곳이나 괜찮았다. 어느 병원이고 스케일링은 별로 차이가 없는 것 같았다.

스케일링을 해야겠다고 혼잣말로 중얼거리는데 옆에서 듣던 아내가 아주 잘하는 곳이 있다며 가보란다. 스케일링은 대부분 간호사가 시술하는데 그곳은 의사가 직접 해 준단다. 환자가 적은 곳이라 의사가 할일이 없나보다 싶었다. 손님이 많으면 손이 모자라 간호사에게 맡기기 마련인데 손수 할 만큼 조용하기에 그렇겠지. 그러니 손님도 적겠지, 라고 말했다. 아내는 그게 아니라고 정색을 하며 값은 만원이 더 비싸 6만 원을 받지만, 꼼꼼히 잘해준다며 꼭 가보라고 권유했다. 아내의 말을 믿어보기로 하고 집에서 별로 멀지 않은 잠실사거리 아파트 상가로 갔다. 시설이 화려

하지도 않고 개업한 지 오래된 느낌의 아담한 의원이었다.

의사는 진료카드를 들여다보며 "처음 오셨군요."라며 반가워한다. 스케일링을 잘한다는 소문을 듣고 찾아왔다고 했더니, "고향이 경상도시네요. 경상도 어디세요?" 말을 잇는다. 서울 생활이 40년이 가까워도 사투리는 바뀌지 않는다. 같은 경상도라도 부산과 대구는 억양이 다르다.

대구 사람은 대구 말씨를 금방 알아듣는다. 나는 고향이 대구가 아니면서도 누가 물으면 주저 없이 대구라고 말한다. 그래서 의사 선생에게도 대구라고 서슴없이 대답했다. 대구에서 백여 리 떨어진 벽촌 면소재지이지만 시시콜콜 대답하기 귀찮고 마음 한구석엔 시골뜨기를 면해 보고 싶은 자격지심도 은근히 작용해서다.

그렇지 않아도 고향은 태어나서 15년을 살았고 대구는 25년을 살았으니 별로 부끄러울 것도 없다. 그것으로 대답이 충족되면 상놈 출신 면죄부나 받은 것처럼 괜스레 어깨가 움칫 올라가는 기분이 들기도 한다. 그시절의 시골 생활은 그만큼 내면 깊은 곳에 지울 수 없는 열등감으로 남아 있었는지 모르겠다. 대화가 무르익으면 저절로 시골출신이란 걸 털어놓게 될 터인데도 말이다. 그렇다고 도시 출신이 아니라서 창피했다거나 감추려 의도적인 거짓말을 해 본 적은 없었다.

시골뜨기 소년이 초등학교를 마치고 난생 처음 인근 대도시 대구로 나가 처음 먹어 본 자장면 맛은 황홀했다. 그때는 그랬다. 도시 사람들이란 먼 우주별에서 태어난 특별한 존재라 별난 사람들은 먹는 음식마저 다르구나 여겼다. 기절할 것만 같던 자장면 맛에 취한 채 이질적인 사람들 속에서 자장면 맛이 차츰 무디어 질 무렵 삼양라면이란 게 세상에 태어났다. 그 라면 맛이 또한 나를 오랫동안 취하게 했다. 더부살이를 하면서 밥을 지어먹을 형편이 못 되었기에 라면은 오래토록 내 명을 지탱해

준 목숨 줄이었다. 그러나 하루 세 끼를 라면으로 때우는 날이 반복되다 보니 그렇게 매혹적이던 라면 맛도 차츰 넌더리가 나기 시작했다. 그런 시대를 견디며 십대를 거쳐 청소년기와 이십 대 젊음을 고스란히 보낸 곳이 대구다. 결혼식을 올리고 2남 1녀 자식들이 태어난 곳도 대구다. 삼십 중반에 친구들 중에서 제일 먼저 내 집을 장만하여 가슴 뛰던 곳이었고 집을 저당 잡히고 빈털터리가 되어 천지가 아득했던 곳도 대구였다. 태어난 고향보다 더 오래 살았으니 대구는 고향처럼 친근하다.

　지금도 그곳은 가까운 얼굴들이 가장 많이 살고, 마음자리 아늑하고 푸근한 안식처로 남아있으며 사랑을 알았던 곳이기도 하다. 대구사과를 많이 먹어서인가 전국에서 미녀가 많기로 소문난 곳이 대구였고, 특히 대구약령시는 한약재로 전국에서 가장 큰 규모를 자랑했다. 무엇보다 경상도사투리가 제대로인 곳이 대구다.

　"아이구~ 그렇습니까, 저도 대구 경고 출신입니다. 선생님은 어느 학교 출신입니까?" 의사 선생은 단지 대구에서 중·고등학교를 다녀 행여나 연줄이라도 닿는 선배는 아닐까 싶은 막연한 반가움에 앞뒤 생각 없이 그냥 내뱉은 말이었을 게다. 서울이란 또 다른 문화·지리적 이질감에서 고향 동지를 만난 기분이었을지도 모르겠다. 동문은 아닐지라도 어느 고교라면 훤히 알 것이고 무슨 대화든 하여간 엮어 갈 수 있을 것이고 운이 좋으면 단골손님이 하나 확실히 생기겠다 싶었는지도 모를 일이다.

　대구 경북고등학교는 당시 시골 중학교 전체 졸업생 일백 여 명 중에 한 명이 합격하기도 버겁던 명문이었다. 게다가 시골에서의 도시유학은 녹록치 않아 웬만큼 똑똑한 친구라도 학비가 무료인 사범학교로 진학해 초등학교 교사를 시켜야 했던 게 시골 형편이었다. 사범학교 입학도 전교생 가운데 우수한 한두 명 정도였다. 경상북도에서 가장 우수한 인재들이 모였던 대구경북고교는 도내에서 명실상부 최상위 명문고여서 졸업했다는 그 사실 하나로 충분히 대접받을 만했다. 의사 선생은 나보다는 십여 년 훨씬 더 젊어 보였지만 자기가 인재였다는 걸 과시한 결과였음을 뒤늦게 후회했을른지 알 순 없다. 나더러 출신학교가 어디냐고 질문한 그 한 마디서부터 대화가 중단되었으니 말이다. 실로 답답하고 미칠 노릇이었을 게다.

나는 중등학교 교복을 입어 본 적이 없다. 그러니 출신학교도 없다. 달팽이 촉수처럼 작은 울림에도 주눅 들고 움츠린 몸짓으로 살아온 날들이 청소년기다. 학창시절 학교모표가 달린 모자와 배지, 이름표가 붙은 교복을 입어보는 것이 꿈에도 그리던 바람이었다. 교복을 입은 여학생을 보면 저절로 고개가 숙어지고 똑바로 얼굴을 쳐다볼 수가 없었다. 그 꿈을 꿈속에서조차 이루고 싶어 서글프고 을크러진 가슴으로 살아야 했던 청소년기였다. 참으로 견딜 수 없는 상실과 무력감이어서 열여덟 살 때는 사진관에서 고교 모자와 학생복 상의를 빌려 상반신 흑백사진을 찍기도 했었다. 명함판 크기의 그 사진은 특정 고교를 모방한 것도 아니고 그냥 하찮은 따라지일망정 고등학교 학생이란 증명만으로 족했다. 그래도 애지중지 지갑 속에 지니고 다니며 틈날 때 한 번씩 꺼내 보던 것은 상당한 위로가 되었다. 정상적인 교육과정을 밟은 사람들은 느낄 수 없는, 그것은 오래토록 무임승차해 따라다니던 열등감 플러스 낭패감이었다.

뒤늦게 교회 부설 야간고등공민학교를 다니며 중·고등 과정을 공부하긴 했었다. 외형적으론 교복이 선망의 대상이었지만 안으로 지식의 열등감을 면해야겠다 싶어 낮에는 공장에서 기름칠 새까만 얼굴이다가, 때론 사무실 사환으로 근무하며 새벽까지 공부와 씨름했다. 공평동 동광영수학원은 내가 단골 수강생이었다. 대학을 진학해야 함이 바람직한 것은 알았지만 뼈에 사무친 가난으로 어려서부터 돈 벌기에 바빴다. 대학졸업 후 관공서 초봉이 7,600원이던 1969년 당시, 대구시내 일급 필경사로 2, 3만 원을 벌었다. 그것이 결정적 이유로 당시는 대학의 필요성을 실감하지 못했다. 내 가까이에 아무도 대학진학의 중요성을 일깨워준 사람도 없었다. 중년이 되고나서야 비로소 후회되던 것이 학업을 포기한 거였다. 돈벌이에 바빠 공부할 시기를 흘려버렸다. 대학을 다니지 않은 것은 일생동안 속울음이었고 지워지지 않는 상처였다.

그나마 다행으로 틈틈이 책을 가까이 했는데 이어령 교수의 최초 수필집 『흙 속에 저 바람 속에』를 비롯하여 김형석, 안병욱, 유안진 교수 등의 수필집은 젊은 날 내 단골 독서메뉴였다. 생활 속에서 책을 놓지 않으려 했고 다양한 분야의 탐독을 위해 대형서점을 들락거리며 책 읽기를 게을리하지 않았다. 뒤늦은 나이에 글을 쓰고 싶어 문예창작 교재를 뒤적이며 시詩가 목말라 오규원의 「시작개론」 유종호의 「시 읽기」 등을 몇 번이고 정독했으며 되도록 시집과 에세이를 많이 찾아 읽었다. 그것은 못 배운 한을 달래기 위함이라기보다는 채워지지 않는 빈 가슴을 메우기 위한 몸부림이었다.

벙어리 냉가슴이듯 할 말을 잃고 그냥 입을 다물고만 있는데 선생은 더 이상 말을 잇지 못하고 뭐가 잘못된 것인지도 모른 채 우리의 대화는 거기에서 멈추었다.

더 이상 대화의 진전 없이 다행히 입을 벌린 채 스케일링이 끝날 때까지 선생은 치아 보존상태가 비교적 양호하다며 칭찬을 아끼지 않았지만 야릇한 엇박자의 불편한 침묵은 한동안 이어졌다.

입안이 깔끔했다. 아닌 게 아니라 간호사들이 해 주던 것과는 확연히 차이가 느껴졌다. 아래 위 혓바닥을 굴리며 훑어보는 느낌은 입 안 가득 채워지던 개운함으로 다른 데서 느끼지 못한 충족감이었다.

이듬해, 그 다음해도 그 치과를 다시 찾아가기가 망설여졌다. 정성을 다해 자기 직업에 충실한 그 의사 선생이 고마운데 무슨 자격지심인가. 왠지 모를 위축되고 억눌린 감정은 내 서러운 그림자여서 마치 보이지 말아야 할 치부를 들킨 것처럼 불편했다. 나를 잊어버렸을 리 만무인데, 이제와서 지난 날 침묵에 대한 대답이나 이유를 설명하기도 생경스럽기 때문이다.

2015. 5.

노화

친구가 무릎 수술을 받는다고 할 때 왜 수술까지 받아야 하는지 심각하게 고민해 보지 않았다. 어느 육십 대 초반의 여성 사진가가 무릎 수술을 받고 한동안 걷지를 못해도 무릎이 왜 아픈지 궁금하기만 했었다. 한 번도 무릎이 아파본 적 없던 내가 최근 갑자기 무릎 통증으로 걸음이 불편하게 된 것이다. 아파보니 삶의 질에 대한 심각한 고민까지 하게 된다. 일단 계단을 못 오르고 평지도 어기적대며 걸음이 마음 같지 않다. 이게 발을 다쳐 잠시 세월만 지나면 회복되겠거니 싶을 때완 전혀 다른 기분이다. 연골이 닳아서 죽을 때까지 걷는데 지장이 오게 되었으니 어찌 고민거리가 아닌가. 그야말로 삶을 포기해야 할 만큼 심각한 장애라는 생각도 들었다.

사십 대부터 나에게 있어 여행은 일상이었다. 세계일주이거나 여러 나라를 몇 달씩이고 순례하진 못해 봤어도 1년에 두어 번은 해외여행을 다녔고 한 달에 서너 번은 길을 나섰다. 가고 싶은 곳을 미리 정하고 떠나는 게 아니라 방향만 잡고 무작정 길에 나서는 것이 몸에 배었다. 여행 자체가 인생이었으므로 길을 나서지 않으면 온몸이 뒤틀리는 방랑벽으로 살았다. 일찍부터 사진에 미쳤기 때문이다. 어디를 가든 사진기만 있으면

라다크 할멈 2011.

신이 났다. 모든 사물이 피사체가 되었다.

그런 내가 연골이 닳았다는 이유만으로 하루아침에 걷질 못하게 생겼으니 상상을 초월하는 고민이었다. 동네 정형외과에서 보름간 투약과 물리치료를 받고 한방병원에서 특수약물과 벌침을 맞다가 안 되겠다 싶어 한 달 만에 대형병원 정형외과 무릎 전문의에 예약하고 노심초사 두 달을 기다리다 병원을 찾았다. 무릎이 아파 찾아온 환자가 의외로 많았는데 거의 할머니들이었다.

진료에 앞서 방사선실에서 방향을 바꿔가며 무릎 X선을 6컷 촬영하고 나서 진찰실로 갔다. 요즘 대형병원 의사들은 대부분 컴퓨터 모니터를 바라보며 진찰을 한다. 모니터 속에 해당 환자의 진료과정이며 병력, 각종 검사결과가 고스란히 보관되어 있기 때문이다. 옛날처럼 X선 필름을 라이트박스에 비춰보는 게 아니고 방사선실에서 교수님 책상 앞 모니터로 X선 사진파일이 전송된다. X선 촬영을 하고나서 불과 몇 초 만에 전문의 책상 모니터로 보내지는 거다. 방금 촬영한 무릎 사진도 모니터에 뚜렷이 나타났다. X선 사진을 바라보던 교수님은 X선 상으로는 무릎의 어느 부위에 염증이 있는지 나타나지 않는다며 MRI 촬영을 해야겠단다. 그에 앞서 우선 무릎에 고인 물을 굵은 주사기로 20cc쯤 뽑아내고서 아픈 부위에 주사기로 약물을 투입한다. MRI 촬영 예약과 함께 2주 후에 다시 만나자는 약속을 하고 진찰실을 빠져나왔다.

하룻밤 자고나니 통증이 확연히 줄었다. 통증의 정도를 0에서 10으로 했을 때 참을 수 없는 고통을 10이라 치면 이전에는 8이었는데 주사 한 번 맞고 나서 2로 내려와 견딜만한 수준이다. 이 정도면 아무데고 걸을 만했다. 그런데 교수님 말이 내일이면 통증이 덜해 MRI 촬영을 하지 않아야겠다 싶을 텐데 촬영비가 고가여서 더욱 그런 생각이 들 거란다.

그러면 정확한 진료를 할 수 없으니 꼭 촬영을 하고 다시 보자고 했다. MRI 예약 날짜가 되어 병원을 찾았다. 그런데 생각지 못한 장애가 나타났다.

평소 청력이 좋지 않아 보청기를 5년 정도 썼는데 다시 청력에 문제가 생겨 보청기보다 한 단계 위인 임플란트 수술을 받기로 하고 입원 날짜를 잡았다. 입원을 하루 앞둔 날 이비인후과에서 귀 바로 위에 기계를 심는 수술인데 이 수술을 받고나면 MRI 촬영을 할 수 없다는 사실을 뒤늦게 알려준다. 귀가 잘 안 들리는 것도 불편하긴 하지만 결정적으로 MRI 촬영이 꼭 필요할 때 할 수가 없다면 그건 더 큰 문제다 싶어 당장 청력 임플란트 수술을 취소했다. 그런데 1년쯤 지나 이비인후과에서 MRI를 찍어도 괜찮은 자력이 약한 기계가 나왔다며 수술을 받으라고 했다. 그래 전신마취를 하고 귀 바로 위 두피 안 뼈를 깎아내고 그곳에 임플란트를 심는 수술을 받았다. 3주 가까이 여러 가지 불편함과 통증으로 시달렸는데 그보다는 수술비 1천만 원이 어쩌면 보험적용이 안 될 수도 있다는 말이 부담이었다. 다행히 5년 동안 보청기를 착용한 사실로 보험 적용이 되어 2백만 원으로 수술은 마무리되었고 그게 불과 두 달 전 일이었다.

머릿속에 임플란트를 심은 사실을 알게 된 MRI실에선 도저히 촬영할 수 없다고 돌아가란다. MRI 기계 박스 안은 자기 공명실로 강력한 자기장이 흐르는데 2m 거리서도 쇠붙이를 끌어당긴다. 임플란트가 금속인 관계로 자기장에 혼선을 일으켜 정확한 MRI 검진에 에러가 발생할 수도 있고 보다 우려되는 것은 머리에 심은 칩이 피부를 뚫고 빠져나올지도 모른다는 거였다. 보도에 의하면 인공호흡 환자가 MRI를 찍기 위해 산소탱크를 휴대하고 갔다가 자기장으로 빨려드는 산소탱크에 맞아 죽는 사고도 있었다. 산소탱크가 얼마나 빠른 속도로 빨려들어 갔기에 그 충돌로 인해 즉사한 걸까. MRI실 자기장 파워는 정말 상상을 초월한다.

촬영을 포기하고 나서 며칠 후 정형외과 담당 교수를 만나 사정 설명을 했더니 짐작으로 치료를 하는 수밖에 방법이 없다며 무릎에 고인 물을 다시 빼내고 방향을 바꿔가며 네 곳에 약물을 투입했다. 바늘을 찌를 때마다 참아내야 하는 고통은 만만찮았다. 그런데 바늘을 뽑고 나니 언제 그랬더냐며 찌를 때의 통증은 씻은 듯이 싸악 가셨다. 석 달 후로 다시 진료예약을 하고 돌아왔다. 주사를 맞고 하루가 지나자 통증은 완전 제로다. 이대로라면 달리기를 해도 좋겠다 싶을 만큼 기분이 좋고 통증은 완전 사라졌다. 제발 이 느낌이 오래 지속되어 아프지 않았으면 싶은 건 이전처럼 마음대로 여행길에 나서도 되겠거니 하는 안도감 때문이다.

신체 중에서 우아한 삶을 영위하는데 차지하는 비중을 생각해 봤다. 보고 듣는 것이야 기본조건이지만 마음대로 걸을 수 있다는 게 얼마나 큰 행복인지 다시금 되새기는 계기였다. 생활 속에서의 불편함보다 여행을 떠날 수 없다는 사실이 견딜 수 없는 불행이란 생각에 잠시 살맛을 잃었다.

살아온 지난날보다 길지 않을 남은 날도 여행을 다닐 수 있는 형편과 조건이 지속된다면 그보다 더한 바람이 없을 것 같다.

눈 속의 강아지

겨울비 유리창을 때리는데

아침에 출근하여 가게 현관문을 들어서면 우선 창문부터 활짝 열어젖힌다. 몰딩 원자재가 수북이 쌓인 작업실은 고약한 냄새가 가득 차있다. MDF, PVC 등으로 만들어진 몰딩 재료는 원목보다 원가가 낮고 품질도 괜찮다. 모두 중소기업에서 만든 화학가공 제품들이다. 때문에 여러 화학재료가 섞이고 접착제로 마무리되어 약품냄새가 많이 난다. 하루에도 여러 번 양날 기계톱을 돌리다 보면 가루가 흩날리고 뽀얗게 먼지가 쌓인다. 창문을 열어도 먼지를 피할 방법은 없다. 여름엔 답답해서 마스크를 안 쓰고, 겨울은 추워서 창문을 걸어 잠그니 호흡기가 온전할 리 없다.

내가 열일곱 살이던 1960년 대구 칠성동 소재 태양맥기공업사에서 18개월간 근무한 적이 있다. 잔심부름부터 시작해 기술직인 도금탱크로 옮길 때까지의 입사초기 6개월은 참으로 고통스러웠다. 손에 물이 마를 날 없었는데 금속표면에 묻은 기름을 씻어내기 위해서다. 우물물을 퍼 놓고 덩어리 양잿물도 닦아야 하기에 손끝의 지문이 다 닳아 없어져 빨간 새살이 보였다. 손끝은 쓰리고 아파 견딜 수 없어도 작업은 계속해야 했다. 그러다가 기술을 배워 도금작업에 임하고부터는 편하고 수월했다.

60년대 당시는 크롬도금 작업이 1급 발암물질 생성업종이란 게 의학적으로 규명되지 않던 시절이다. 방독면도 없이 면 마스크 한 장 쓰고 무방비로 일했다. 처음 동銅 도금을 올린 후 광택을 내고나서 물로 씻어 기름기를 없애고 그 위에 니켈도금을 한다. 니켈은 깨끗한 백색으로 광택을 낸 뒤 다시 양잿물로 기름기를 깨끗이 닦아내고 나서 마지막으로 크롬도금을 했다. 크롬은 약간의 청색 기운이 도는데 녹이 슬지 않고 외부충격에 강한 최고급 도금이다.

문제는 크롬도금이었다. 탱크에서는 플러스, 마이너스 전류가 흐르고 걸쳐놓은 막대기에는 도금할 금속을 갈고리로 막대기에 걸어 탱크 물에 잠기도록 놓아두는데 아무 냄새도 없는 노란 증기가 계속 피어올랐다. 지나놓고 보니 크롬도금 탱크에서 6개월 근무하는 동안 노란 증기를 들이키므로 기관지 섬모는 다 녹아 없어지고 두꺼운 코막도 뚫어져 구멍이 났다. 폐는 여러 군데 상처가 생겨 호흡도 가빠졌다. 크롬도금 작업이 1급 발암물질 유발업종이란 것도, 경기도 남양주시 도농동 원진레이온 파업 사태를 계기로 1980년대 와서야 판명 지정되었다.

그런 연유로 나는 사십대 중반에 이르러서야 천식이 발병해 폐 기능은 정상인의 70%를 간신히 유지하고 있다. 크롬탱크에서 2년을 근무한 동료 하나는 열아홉 나이에 폐 천공으로 죽었는데 사인은 폐결핵으로 진단됐었다. 누구도 노란 수증기가 발암 독극물인 걸 모르고 작업했다. 하루 작업이 끝나고 나면 마스크를 통해 코로 들어간 증기가 노오란 띠로 코밑에 줄을 남겼다. 날마다 작업이 끝나면 세탁비누로 코밑 노오란 줄을 씻어내고 퇴근했다. 나는 크롬탱크 작업 6개월 만에 그나마 스스로 그 직장을 그만뒀으니 천행인가 싶다.

서울대병원, 동대문이대병원, 신길병원에 보름간씩 입원을 반복하면서 천신만고 끝에 천식은 순천향병원 호흡기알레르기내과를 끝으로 잘 관리되어 지금은 일상적인 생활에 크게 지장을 받지 않고 살아간다. 이런 형편에 직업마저 액자제조업이라 먼지를 피할 길 없으니….

청송에 살고 있는 생질녀에게 전화를 했다. 그곳 동네나 시장에서 5년이나 그 이상 된 약 도라지를 한 상자 사달라고 부탁했다. 대답은, 지금이 2월인데 그런 도라지가 나올 리가 없다는 거다. 도라지는 최대 2년마다 옮겨 심어야 썩지 않고 잘 자라는데, 그 시기가 6월이다. 그때가 되면 옮겨 심든지, 아니면 그냥 식용으로 시장에 내다팔기 위해 도라지가 많이 출하된단다. 그러니 2월 찬바람에 누가 도라지를 내놓겠느냐며 손사래를 친다.

그렇다면 약 도라지가 아니라 일반식용이라도 서울 가락시장에서 알아봐야겠다고 하고 전화를 끊었다. 말은 그리했으나 내가 필요한 것은 약 도라지다. 뭐가 급해 시장에서 1, 2년생을 구할 거냐. 기다렸다 6월에 제대로 구해 달여야겠다고 내심 작정하고 느긋해하던 참이었는데, 청송에서 뜻밖의 낭보가 왔다. 생각해 보니 버려둔 분재하우스에 잡풀에 섞여 까맣게 방치해둔 도라지가 생각났단다. 전화를 받고 마른 풀잎 속에 호미로 파 보니 그런대로 썩 굵지는 않아도 제법 약성이 있어 보이는데 햇수로 충분히 5년은 되었지 싶단다. 몇 상자 건질 게 있을 것 같다니 잘 되었구나. 대충 씻어 보내라고 부탁했다.

며칠 후 한 상자의 택배가 도착했다. 손가락 정도 굵기와 길이의 도라지다. 몸체는 거무튀튀하게 깨끗지는 않은데 귀두가 제법 도톰한 게 뇌두가 여럿으로 약성이 있어 보인다. 옮겨 심지 않아 굵어지지도 않았고 죽지 못해 억지로 견디며 세월을 보낸 게 야생도라지나 진배없다. 도라지나 더덕은 햇수에 따라 봄에 줄기가 나온다. 한 뿌리에서 너덧 개의 줄기가 돋아난 것을 보니 족히 5년생은 된 듯하다.

하나하나 솔로 흙을 씻어내고 물기를 뺐다. 그리고 가락시장에서 대추와 은행을 구해다 커다란 스테인리스 물통에 도라지를 2kg 남짓 넣고 물을 가득 채웠다. 껍질 벗긴 은행알도 가래를 삭이는데 좋은 약재라 들었다. 도라지 자체가 너무 쓰고 떫은맛이라 가미하기 위해 대추를 500g쯤 좀 많다 싶게 넣었다. 그리고 보통 불에 10시간쯤 끓였다. 끓이는 중에 계속하여 물을 보충했다. 마침내 도라지는 흐물흐물해지고 본래 모양보다 물을 머금어 부푼 도라지는 약물이 제대로 우러나왔다. 국자로 그 물을 떠서 맛을 본다. 아주 진하고 아린 도라지 약성이 잘 배어있다. 대추의 단맛이 많이 가미되어 먹기에 전혀 역겹지도 않다. 다만 먹고 난 뒤 도라지 쓴맛이 입안에 오래 남는다. 끓인 약재를 식혀 삼베에 넣고 짜낸 다음 찌꺼기는 재탕을 했다. 초,재탕 약물을 한데 섞어 펄펄 끓여 그 상태로 한약포장지 폴리에틸렌에 담아 인두로 지져 새지 않게 포장을 했다. 끓이지 않고 포장하면 미생물이 번식해 사나흘 만에 부풀어 오르고 내용물은 변질된다.

펄펄 끓여 잘 포장하면 몇 개월이고 그대로다. 예순 다섯 개가 나왔다. 하루에 두 봉씩 먹어도 한 달 간은 먹을 양이다. 그런데 먹는 도중에 목에서 예상치 않은 가래가 생겨 내뱉었다. 그것은 기관지염 후의 가래가 아닌 평상시 전혀 아무렇지 않은 몸 상태에서 저절로 생기는, 작업장 액자제조 과정의 검은 먼지들이었다. 평소에는 몸속에서 빠져나오지 않던 것이 도라지를 달여 먹은 게 유효했던지 하여간 가슴 깊이 일부러 심호흡을 해보니 상쾌한 기분이다.

일하다 말고/ 생각한다 날마다/ 마시지 않으면 못 견딜/ 사랑 때문에/ 물을 끓인다/ 하루에도 몇 번씩/ 마취제 같은 커피/ 중독된 그리움처럼// 연락할 곳

아무것도 없이/ 하늘나그네로 떠돌다/ 아린 추억에 젖어/ 커피 내리는 그 향기/ 날마다 마셔도/ 내일이면 또 생각나는/커피는 여자/ 여자는 그리움이다.

자작시 「여자는 커피다」의 전문이다.

일하다 말고 물을 끓인다. 하루에도 몇 번씩 커피를 마시지 않으면 못 견딘다. 이토록 질기고 못 견딜 사랑이 또 있을까.

커피 같은 여자를 생각해 본다. 날마다 마셔도 질리지도 않는 커피. 커피는 여자를 닮았다. 커피 같은 여자와 사랑을 하고 싶다. 하던 일 접고 홀연히 서울을 떠나 한적한 숲속에서 수북이 쌓인 못 다 읽은 책이나 실컷 읽으며 수필을 쓰거나 시상詩想에 흠뻑 잠겼으면 좋겠다. 커피를 마시듯 하루에 한 편씩 시를 써 봤으면, 날마다 온종일 책을 읽거나 쓰고 싶은 글을 마음껏 쓸 수 있었으면 싶다.

일하다 보면 때때로 짜증나는 일이 생긴다. 유리나 칼, 아니면 작업 중에 부주의로 상처를 입는 사고가 빈번하다. 그럴 때면 우선 반창고로 지혈을 하고 커피 물을 끓인다. 나는 아메리카노 커피가 좋다. 대용량의 커피, 에스프레소보다 연해서 미국인들이 즐겨 마신다고 하여 붙여진 이름 아메리카노 블랙커피향이 코로 스미고, 온몸으로 그 맛과 멋이 배어들면 가만히 눈을 감고 하늘나그네가 된다. 그럴 때마다 일상을 털어버리고 어디론가 떠나고 싶어지는 건 아직 마음이 청춘의 때를 벗어나지 못했음인가. 몸에 밴 광기의 에스프리 방랑벽은 일생동안 나를 지탱해 온 자양분이어서 수시로 스멀거린다. 몸은 팔순이 내일인데 생각은 나그네 되어 휠휠 먼 하늘로 날아가는 주책 덩어리지만 그게 살아갈 에너지이고 명분이니 어쩌겠는가.

겨울비가 유리창을 때리는데 창문마저 닫고 오늘도 나는 작업 중이다.

안성목장의 이화 2005.

외롭고 높고 쓸쓸할 때

몇 해 전 폐에 좁쌀만한 하얀 점이 보인 뒤로 6개월마다 한 번씩 CT검사를 한다. 점이 커지면 암이란다. 이번에 CT를 찍으려는데 왼쪽 가슴에 자두알 만한 멍울이 잡혀 눌러보니 약간 아프다. 오른쪽을 눌러보니 멍울은 없는데 아프긴 마찬가지다. 만지지 않으면 전혀 느낌이 없다. 일주일 후 호흡기내과 선생님에게 상황을 얘기했더니 CT상에도 이상異狀이 보인다며 유방암센터로 가보란다.

팔순을 눈앞에 두고 난생처음 진료예약이 된 유방암센터 문을 두드렸다. 대기 중인 사람들은 대부분 중년의 여성들이다. '할아버지가 여긴 왜 왔을까?' 궁금하겠지. 나도 내가 궁금하다. 젊은 여의사는 내 양쪽 젖꼭지를 조물조물 만져보더니 남자에게도 간혹 유방암이 생긴다며 아직은 알 수 없고 일단 좀 더 들여다보고 나서 답변을 하겠단다. CT로는 판별이 어렵다며 초음파 검사를 해 보잔다. 보통은 초음파로 진단이 어려울 때 CT를 찍는데, 이번엔 거꾸로다. 초음파를 확인하고 어쩌면 조직검사를 하게 될지도 모른다고 했다. 옆방에서 초음파를 찍고 일주일 후 진료예약을 한 뒤 병원을 벗어났다.

폐에 좁쌀만 한 점은 그대로인데, 그 옆에 손톱 만한 큰 점이 새로 생겨

43

났다. 이게 대체 뭔가? 호흡기 선생님은 곧장 기관지내시경을 하자고 했다. 기관지는 위 내시경과는 좀 다르다. 호흡기로 관이 들어가기 때문에 수면내시경으로 하는데 보호자가 반드시 동반돼야 하고 동의서에 사인도 해야 한단다. 내시경예약 날짜와 내시경을 하고나서 7일 후로 진료 날짜도 잡았다. 내시경 비용을 납입하고 나왔다.

평소 폰에 넣어두고 가끔 읽고 새기는 시 가운데 천양희 시인의 「시인이 되려면」을 꺼내 읽는다.

시인이 되려면
새벽하늘의 견명성見明星같이
밤에도 자지 않는 새같이
잘 때에도 눈뜨고 자는 물고기같이
몸 안에 얼음세포를 가진 나무같이
첫 꽃을 피우려고 25년 기다리는 사막만년청萬풀같이
1kg의 꿀을 위해 560만 송이의 꽃을 찾아가는 벌같이
성충이 되려고 25번 허물 벗는 하루살이같이
얼음 구멍을 찾는 돌고래같이
하루에도 70만번씩 철썩이는 파도같이

제 스스로를 부르며 울어야 한다

자신이 가장 쓸쓸하고 가난하고 높고 외로울 때*
시인이 되는 것이다
백석*의 시 「흰 바람벽이 있어」 중에서

천양희 시인은 하루도 거르지 않고 아침마다 부처님을 향해 삼배三拜하고 「반야심경」을 읽는다. 시를 쓰기 전에 꼭 손을 씻는다. 그리고 책상처럼 높은 의자가 아닌 교자상을 펴고 낮은 자리에 앉아서 시를 쓴다. 몸도 마음도 정갈하게 다독이고 내려놓고 난 뒤에야 시를 쓴다. 신을 불러들이기 전에 염불이나 주문을 외는 것처럼 마음자리 쓸고 닦아 청허한 빈 마음이기를 스스로 가꾸고 다스린다.

나는 언제 그토록 경건한 마음으로 자신을 내려놓고 글을 썼던가. 허둥허둥 액자제조 작업을 하다가 배고프면 먹고, 일하다 지치면 물을 끓여 진한 커피를 마시고, 시간이 되면 퇴근한다. 일이 없을 때, 나의 모든 예술작품 4테라가 저장되어 있는 사무실 컴퓨터를 앞에 두고 워드로 글을 쓴다. 퇴근 후 집에서는 책을 읽거나 영화를 보거나 아니면 내셔널지오그래픽 와이얼 자연 다큐 방송을 본다. 가끔은 책을 읽거나 드라마영화를 연속으로 보다가 밤을 하얗게 새운 적도 있지만 집에서 글 쓰는 일은 거의 없다. 나는 동물들의 살아가는 다양함과 삶과 죽음의 처절한 현장을 TV에서 즐겨본다. 움직이는 모든 동물은 크든 작든 살아남기 위한 나름의 전략이 있다. 그렇게 동물들은 먹고 먹히며 균형을 이룬다.

동물 중에 오직 인간만이 죽음을 인지한다. 인간만이 살면서 방황하고 고민한다. 삶에 대한 의지가 강할수록 더 많은 방황과 고민을 한다. 팔순이 넘어서도 살아갈 일에 방황하고 고민한다면 어리석은 일이라 말한다. 노인이 되면 스스로 죽음을 받아들여야 한다.

소크라테스도 칸트도 내세가 있다고 단정했다. 죽음으로서 모든 것이 끝이라면 선한 사람의 대표격인 철학자만 손해라고 말한다. 행복을 추구하는 것은 제 맘이지만, 남을 피눈물 나게 짓밟고 올라선 사람에게 형벌이 주어지지 않는다면 공평하지 않으며 내세는 존재해야 마땅하다고 주장한다. 예수가 태어나기 훨씬 이전 사람인 소크라테스는 내세가 있다고 확신하고 죽음에 대한 두려움 하나 없이 초연히 죽음을 받아들였다. 죽음에 앞서 마지막으로, 아스클레피오스에게 빌린 닭 한 마리를 친구인 크리톤에게 대신 갚아달라고 부탁하고 태연히 독물을 마셨다. 죽으면 그만인데 닭 한 마리 못 갚으면 그게 뭐 대수인가. 그러나 철학자의 심성은 삶에 대한 의혹으로 평생을 살아 저 새벽 호수 같은 심성에 한 점 파문이 생기는 것도 용인하지 못한다.

예수가 죽음에 임박해 울부짖는 처신과 부활의 현상은 예수 자신이 곧 신이었음을 대부분의 철학자들도 인정했다. 예수 한 사람으로 인해 수많은 인간이 2천년 이상 먹고살게 된 경우도 인류 역사상 없었기 때문이다. 그러나 나는 사후에 영혼이 존재한다는 데 한 점 의혹 없이 동의하지 못하고 있다.

그녀를 만난 것은 스물세 살 어느 날이었다. 나보다 두 살 아래인 그녀는 성당에 열심히 다니던 처녀였다. 엄마랑 둘이 살던 대구 남산동 우리 집에 와서 그녀는 여러 차례 자고 가기도 했다. 비녀를 꽂았던 엄마는 그녀 긴 생머리를 쓰다듬고 꼭 껴안으며 많이 예뻐했었다. 2년쯤 사귀다 우린 헤어졌다. 농아聾啞였던 엄마가 그토록 예뻐했다는 것이 마음에 걸렸다. 5년쯤 지나 사병 휴가 중 자전거를 타고 가다 우연히 계산동성당 근처에서 그녀를 만났다. 길에서 그냥 주고받은 얘기도 마음에 걸린다. 나의 결혼 얘기를 들은 그녀는 눈빛 어딘지 쓸쓸함이 비쳤다. 그렇게 짧은 대화를 끝으로 다시 보지 못했다. 이후 결혼을 했는지 안 했는지 나는 모른다. 그녀가 생각날 때마다 그녀의 행복을 기원한다. 철학자는 아닐지라도 누군가를 아프게 한 기억은 지워지지 않는 낙인되어 아픈 흔적으로 남아있다.

　암인들 그게 무슨 대수인가. 마음이 낭떠러지로 내려앉을 일도 아니고, 서러운 생각도 없다. 이만큼 살아낸 마당에 더 살아지면 좋은 거지. 미련도 없고 못다 해서 아쉬울 것도 없다. 사후에 대한 확신도 없는 마당에 죽음이란 순순히 받아들이면 그만이다. 다만 앞으로 남아있는 내 생은 내려놓고 내려놓아 마음이 더 가난해지기를 바랄 뿐이다.

　'천억 원이 시 한 줄만 못하다'던 자야子夜는 얼마나 멋진가? 내가 문학인이 된 것은 또한 얼마나 큰 축복인가. 외롭고 쓸쓸할 때 그때마다 좋은 글을 써 보고 싶은 의욕이 남아있어서 다행이다.

　" …가난하고 외롭고 높고 쓸쓸하여 시인이 되었다"던 백석白石을 생각하며.

2021. 5. 20

호주 해변 엄마와 아기

로댕의 키스

의암호 빙호

풍경사진

풍경화의 태동은 기원전으로 거슬러 올라가는데 실제 그림으로 그려진 것을 확인해서가 아니라 서사시에 표현된 글을 분석한 학자들의 견해다. 당시 로마를 대표하던 시인 베르길리우스(B.C 70~19)의 작품 「농경시, 목가」 등으로 미루어 이미 풍경화는 존재했다고 추측한다. 그러나 인류역사에 풍경화가 제대로 그려진 것은 15세기 로마에서 시작되었다고 전해진다. 이때부터 높은 산이나 바다의 여명이나 만추 안개 등에도 주의를 돌리기 시작했다. 풍경화의 결정적 발전은 아무래도 영국의 컨스터블을 선두로 외광묘사外光描寫를 원칙으로 한 인상파에 의해 이루어졌다. 동양에서는 중국고래의 신선사상에 기반을 두긴 하였지만 다소 벗어난 자연관조의 산수화가 당대唐代에 시작되어 송대宋代에 완성되었다. 초창기는 자연을 기세 내지 기상의 표상으로 간주하는 경향이었다. 이후 인물화를 대신해서 고사산수故事山水 인물산수 누각산수 등의 화제가 그려졌다. 근세에 이르러 산수는 화가의 기분, 시정, 체험 등의 내면적 표현의 수단으로까지 발전하였다. 현재는 이런 중국의 산수에 대한 반발로 실경을 그린 진경산수眞景山水가 생겨나기도 했다.

어느 장소건 현장에서 사물을 바라보며 그림을 그려야 가장 확실한 실경을 그릴 수 있다. 그런데 이런 풍경화는 서구사회에서도 19세기 중반까지 보편적이지 못했다. 르네상스 시대만 해도 정물이나 왕족을 위시한 귀족을 모델로 하여 실내에서 그리기가 유행이었다. 농부나 일반 천민을 인물로 그리는 것을 금기했고 자연을 대상으로 그리는 것을 천시하는 문화였다. 19세기 후반 씨 뿌리는 사람, 이삭줍기, 만종 등을 그린 프랑스의 밀레를 중심으로 한 바르비종파 화가들이 처음 시도한 풍경화는 문화의 반란이었다.

풍경은 '마음의 상태'라고 스위스의 철학자 F.H. 아미엘이 말한 것처럼 풍경을 바라보는 마음의 상태가 순수하지 못하면 좋은 그림을 그려내기 어렵다고 정의한다. 오늘날 사찰이나 계곡 등에서 이젤을 펴놓고 그림을 그리는 사람을 가끔 볼 수 있는데, 구경꾼의 따가운 시선 때문에도 마음에 평정심을 유지하기 어렵다. 어쩔 수 없이 현장에서 여러 장면을 스케치하여 화실로 가져와 다시 그리거나 채색을 하기도 한다. 그림은 빼어난 경관이 아니라도 한 편의 작품을 만들 수 있다.

사진기가 대중화되고부터 화가들의 사정도 많이 달라졌다. 현장에 가서 그리는 것보다 사진을 보고 그리기가 보다 쉽고 간편해서다. 그러나 사진은 그림과 달라서 빛이 들어오는 입지와 사물의 조화를 면밀히 살피지 않으면 작품으로 완성하기 어렵다. 장소가 어디든 간에 촬영 장비를 현장까지 가지고 가는 수고도 아끼지 않아야 한다. 거기에다 빛의 변화는 하도 다양해서 눈에 보이는 대로 사진기가 잡아주질 못하니 문제다. 일반적인 콤팩트 카메라는 오토 화이트밸런스를 적용하여 빛의 양(노출)이 정확하진 않지만 적당한 수치를 차용하여 노출을 정하기 때문에 빛의 대비가 극심한—이를테면 많이 희거나 검거나 하늘 부분이 화면의 반 이상 차지하는—경우 노출을 정확히 잡아내지 못한다. 때문에 렌즈교환식 카메라는 인위적으로 수치를 변용하여 적확한 사진을 만들어 낼 수 있는 장치가 내장되어 있다. 그마저도 여러 번 실패를 반복하고서야 겨우 눈에 보이는 풍경과 흡사한 사진을 얻게 된다. 기기가 가르치는 수치보다 가감을 수없이 반복 적용하고서야 터득된다.

실제 빛의 밝기는 날마다 다르고 장소에 따라 빛이 비친 곳과 그늘진 곳이 차지하는 비중에 따라 다르고 사물의 반사각도 제 각각이기 때문이다. 이런 장소에서 지난번에 내가 어떻게 적용했지 하고 기억이 날 리도 만무지만 그게 열 번 스무 번 실패 끝에 터득되는 지식이 아닌 것이 문제다. 40년을 길에 나서지만 아직도 실패를 거듭한다.

사진가들이 찍는 것마다 작품이 되면 무슨 매력이랴. 몇백 컷을 촬영하고서 겨우 한두 컷 마음에 드는 장면을 만나면 성공이다. 때로 2, 3일씩 외박하며 수천 컷 이상 담아 와도 눈이 휘둥그레지는 장면이 없을 때가 허다하다. 사진으로 하나의 풍경작품을 얻기란 그만큼 오랜 경험과 상당한 안목이 필요하다. 그림은 넣고 싶은 것만 그려 넣으면 되지만, 사진은 필요 없는 장면을 빼버릴 수가 없기 때문이다. 우선 그런 장소를 찾지 못해 찍을 수 없는 경우가 가장 많다. 아마추어는 좋은 장면을 만나도 제대로 담아내는 기술이 모자라고, 기술을 가지고도 촬영에 실패했을 때는 스스로 머리를 쥐어박고 싶은 심정이다. 삼각대가 없어 사진이 흔들려버린 경우의 상실감도 이만저만이 아니다. 아무리 좋은 장면도 초점이 정확하지 않으면 소용이 없다.

풍경사진의 정의는 발품을 많이 팔아 실패를 많이 경험할수록 좋은 작품을 얻는다는 거다. 초보자들이 지레 겁을 먹는 이유도 그 때문이다. 하지만 아날로그 시대에 비하면 디지털 카메라는 천지개벽이나 다름없다. 70년대 카메라 한 대가 집 반 채 값이던 때에 비하면 오늘날은 어른 아이 할 것 없이 스마트 폰으로 사진가의 기분을 누리는 시대가 되었다. 스마트 폰의 성능은 실로 엄청나서 요즘은 긴 쪽이 60cm 크기의 사진도 선명한 화질로 인화가 된다. 그것은 렌즈교환식 카메라 바디에서 채용하는 여러 가지 기능이 스마트 폰에 설정되어 있기 때문이다. 다만 현장에서 그런 기능을 찾아 조작하기란 전문가가 아니면 어렵다. 기기의 조작은 평소 늘 사용해서 몸에 익어야 하는데 그게 쉬운 일이 아니다. 또한 스마트 폰에서 화질 크기를 최대로 해 놓으면 저장 속도가 느려져 연속촬영이 안 되는 경우도 발생한다. 무엇보다 흔들리지 않는 사진을 찍는 버릇을 길러야 한다. 다리를 어깨넓이로 벌리고 카메라를 잡되 왼쪽 팔꿈치를 배에 붙이고 손바닥은 하늘을 향하게 하여 손바닥 위에 카메라를 올리고 파인더를 바라보며 숨을 멈추고 오른손 검지로 셔터만 살짝 눌러야 한다. 셔터를 누를 때 카메라 몸체가 흔들리면 실격이다. 전문가들은 무거운 카메라를 들고 셔터를 일만 번쯤 눌러봐야 흔들리지 않는 사진을 얻을 수 있다고 말한다. 그냥 보면 잘 찍힌 것 같아도 확대해 보면 흐린 사진을 확인하게 되는데 그 사진은 사용하지 못한다. 특히 스포츠 사진촬영은 자리를 옮겨가며 급격한 장면의 변화가 연속으로 이어지는데 바디를 흔들리지 않게 촬영하는 것이 몸에 배지 않고는 곤란하다.

그런데 요즘의 디지털 사진기는 ASA 감도를 높여 손으로 흔들리지 않는 사진을 찍을 수 있도록 첨단 기술이 적용되어 편리해졌다. 스마트폰 사진은 사진기에 내재된 디지털 기술의 집약체로 봐도 되겠다.

사진의 매력은 한 장소에서 같은 대상을 바라보며 수십 명이 촬영해도 똑 같은 사진이 나오지 않는다는 사실이다. 사람마다 대상을 바라보는 순정純靜의 깊이가 다르고 사물을 관통하는 안목도 제각각인데다 프레임 설정이 제 각각이고 사용하는 렌즈와 적용하는 데이터가 같지 않은 탓이다. 사진은 지난한 훈련과 경험 끝에야 비로소 터득되는 예술이다. 사진은 파고들수록 그 깊이는 오리무중이고 알수록 빠져드는 심오한 예술이다.

백두산 상공 노을

길
—산악인 김창호를 생각하며

1백여 년 전만 해도 깊은 강이나 계곡은 건너다니는 길이 없었다. 넓지 않은 계곡은 더러 아치형으로 돌을 쌓아 다리를 만들고 무릎 높이 개울 정도는 굵은 돌로 징검다리를 놓아 건넜다. 돌다리는 거의 유실되고 남은 게 없지만, 우리나라에서 유일하게 충북 진천 농다리는 1천년 동안이나 돌로 만든 징검다리로 원형 그대로 남아있다.

요즘은 산이 가로막으면 뚫어버리고 강이나 바다는 지주를 세우거나 와이어로 당겨 철물이나 시멘트 몰을 들어 올려 길을 만든다. 길은 시대를 관통하는 사람들의 발자취다. 길은 인생이다. 길이 있어 길을 간다. 땅은 물론 하늘에도 바다에도 길이 있다. 오늘날 인공위성 천여 개도 일정한 하늘길을 날고, 수십만 대의 비행기와 배도 정해진 길을 간다. 우리나라는 산이 많아 1,900여 개의 길고 짧은 터널이 있지만, 수서와 평택을 잇는 율현터널은 고속철도 터널로 50.3km를 땅 속으로 달린다. 지구상 세 번째로 긴 터널이다. 자고 나면 길이 생겨나고 산이 뚫려 기존 도로와 연결되어 목적지에 훨씬 빨리 닿게 한다. 우리나라는 세계적으로 길 하나는 잘 만들어진 국가로 어디든 빠르게 가닿을 수 있어 좋다.

사진가들의 여행은 관광 목적보다는 작품에 대한 의욕이 크다. 아프리

카나 남미대륙은 사진의 보고지만 여건이 허락되지 않아 못 갔다. 내가 가 본 곳 중에는 인도령印度領 라다크Ladakh가 가장 기억에 남는다.

사람 사는 곳인데 변변한 길이 없는 게 문제다. 자동차가 다니는 길도 포장길보다 비포장 길이 훨씬 많았다. 더러 아주 아찔하게 위험한 길도 여러 곳이다. 거기 히말라야에는 지구상 가장 고지에 위치한 초모리리 호수(해발4,200m)가 있다. 그 호수의 노을빛 하늘과 물빛이 하도 아름다워 어둠이 내려앉을 때까지 발걸음을 뗄 수가 없었다. KBS 다큐멘터리 팀은 우리보다 한 주 앞서 다녀갔다는데, 히말라야의 기상은 종잡을 수가 없어서 한 주 내내 시커먼 구름과 비바람으로 맑은 하늘을 내주지 않아 초모리리 호수의 물빛을 제대로 보지 못했다고 한다.

우리는 열흘 내내 햇빛을 보았으니 어찌 천복이 아닌가. 해발 4,000m 이상을 고산증高山症 없이 걸어보는 것도 색다른 경험이지만 그곳의 푸른 하늘과 뭉게구름 그리고 물빛은 세상 어디서도 보지 못한 순수한 자연으로 입을 다물 수가 없었다. 히말라야는 주변에 공장도 없고 대기도 그만큼 깨끗한데다 고도까지 높아 청명하기가 도무지 지구 어디에서도 본 적이 없는 천혜의 하늘과 공기였다. 히말라야 4,000m 언저리 자연의 진정성은 누구라도 스쳐 지나는 풍경이 아님을 알게 한다. 순수함이란 때 묻지 않은 자연 그대로 버려진 곳을 말한다. 그런 황무지나 다름없는 곳에 자연과 더불어 순응하는 사람들 심성도 순수 그 자체로 아름다워 잊을 수가 없다. 그들의 심성은 그곳의 자연 속에 녹아들어 자연인으로 살아가기 때문이었다. 해발 5,600m 거기까지 자동차 길이 나 있어 올라 볼 수 있었다.

히말라야에는 8,000m급 봉우리가 14개 있다. 김창호(金昌浩 1969~2018) 대장은 세계에서 가장 빠른 7년 10개월 만에 14좌 완등 기록을 남긴 한국인이다. 폴란드의 예지쿠크즈가 보유한 7년 11개월을 1개월 앞당긴 대기록이다. 8,000m급 14좌 완등 기록 보유자가 우리나라에는 여섯 명이 있는데(고 박영석 엄홍길 한왕용 김재수 김창호 김미곤) 김창호는 누가 뭐래도 한국 최고의 산악인임에 틀림없다. 그가 네팔 구르자히말산(7,193m)을 오르기로 한 것은 특별한 의미가 있었다. 그곳은 지형이 워낙 난코스여서 아직 산악인이 올라가기 위한 길이 없는 데다 지금까지 아무도 올라보지 못한 곳으로, 8,000m급을 제외한 오르고 싶은 마지막 남은 코스였다. 그곳에 세계 최초로 코리안웨이를 만들고 싶었다. 그러기 위해 다섯 명의 최소 인원과 셀파를 대동하고 새로운 등반루트 개척에 나섰다가 목숨을 잃었다. 세계역사상 3,000m 베이스캠프에서 목숨을 잃은 유일의 산악인 김창호 대장과 일행은 참으로 아깝고 소중한 인재의 손실이 아닐 수 없다.

등반에는 높은 곳을 점령하기 위한 등정주의登頂主義가 있고, 등반 과정을 중히 여기는 등로주의等路主義 등반이 있다. 정복하기 위함이 아닌 등반과정을 중히 여기는 산악인들을 위한 최고의 상이 '황금피켈'상이다. 이 상은 상업 등반이 아닌 새로운 루트를 개척하는 산악인에게 주어진다. 김창호 대장이 살아 있었다면 분명 우리나라 최초로 이 상을 받았을 것이다. 김창호 대장을 위시한 다섯 명은 히말라야 설산 어딘가에 묻혀 영원한 산악인으로 남았다.

2018. 11.

구리 코스모스 단지

로댕의 키스

영국 국립미술관 테이트 산하 네 곳의 미술관 중에서 테이트 모던, 테이트 브리튼, 테이트 리버풀 세 곳의 소장품 중 인간의 몸(누드)을 주제로 회화, 조각, 드로잉, 사진 등을 엄선한 원작이 서울에 왔다. 로댕, 르누아르, 피카소, 드가를 비롯하여 윌리엄 터너, 윌렘 드 쿠닝, 루이스 브르주아, 루시안 프로이드, 데이비드 호크니, 신디 셔먼, 사라 루카스 등 근현대 미술 대표작가 66명의 작품 122점의 작품이 고스란히 우리 곁에 날아왔다.

내가 보고 싶은 것은 오귀스트 로댕의 조각품 저 유명한 「키스」 오직 그 한 작품에 대한 유혹이었다. 실물 크기의 대리석 조각은 대체 몇 톤이나 될까. 「키스」는 그동안 유럽 밖으로 나간 적이 한 번도 없었는데 작년에 시드니에서 전시된 데 이어 올해 오클랜드를 거쳐 서울로 왔다. 그것도 바로 코앞인 우리 동네로 가져다 놓았으니 이런 행운이 또 있으랴 싶었다.

집에서 베란다 창을 내다보면 올림픽공원이 눈앞이다. 사무실을 오가는 길에도 올림픽공원 안에 위치한 소마미술관 간판이 저절로 눈에 들어온다. 거기 테이트 미술관 명작들이 전시된다는 광고 문구를 거의 매일 보게 된다. 가봐야 한다는 결심은 확고한데 계속 미루며 실행에 옮기지 못했다. 2017년 8월부터 12월까지 5개월간 특별기획전으로 열리는 누드

걸작 테이트 전은 열화 같은 성화에 한 달간 연장 전시된다고 한다. 사실 전시장 관람을 미룬 것은 내가 다니고 있는 잠실롯데 문화센터 목요수필 교실 30여 명 회원들이 11월 셋째 주 야외수업으로 테이트 전시장을 관람하기로 결정했기 때문이었다.

"누드와 옷을 벗은 것은 다르다. 팬티를 벗었거나 슈미즈를 막 벗어던진 여성은 누드라고 할 수 없다. 누드가 품격을 갖추려면 순간적인 상태를 보여줘서는 안 된다. 누드는 아무것도 감추지 않는다. 감출 것이 없기 때문이다. 뭔가를 감추려고 하는 순간 음란해진다. 실제로 아무것도 감추지 않아야만 더 잘 보여줄 수 있기 때문이다. 누드가 순수함을 유지하기 위해서는 개인적 특성을 드러내지 않아야 하며 너무 세부적이어서도 안 된다."

전시실로 연결된 흰 벽에 인쇄된 이 글은 누구의 표현인지 모르지만 누드를 잘 정의한 것 같다. 알몸과 누드라는 용어를 둘러싼 논의는 20세기 내내 있어왔다. 영국 미술사가 케네스 클라크의 저서 『누드:이상적 형태에 관한 연구』(1956)에는 "알몸이란 옷을 입지 않은 상태이며 누드는 질료가 형상으로 이행하는 가장 완벽한 예"라고 주장한다. 비평가 존 버거는 "알몸이 된다는 것은 자기 자신이 되는 것이다. 반면 누드가 된다는 것은 타자에 의해 알몸으로 보인다는 것일 뿐 자기 자신으로 인식되는 것은 아니다."고 한다.

나는 여성누드모델을 사진으로 많이 담아 봤다. 사진에서 모델의 조건은 젊고 풋풋한 이십대이지만 둔부가 크고 풍만한 가슴과 각선미가 필수 조건이다. 미모는 그다지 따지지 않는 게 정면보다 옆이거나 가려진 얼굴을 선호하기 때문이다. 하나 더 추가 한다면 머릿결이 장발이면 여성스러워서 더욱 좋다. 사실 모델들은 거의가 장발이다. 긴 머리는 여성의 상징인 탓이다. 모델은 사진가의 요청에 의해 다양한 포즈를 취하는데, 때로는 눈밭에서 눈 위에 엎드리거나 겨울 바닷물에 들어가는 인내까지 감내해야 한다. 알몸과 누드의 차이는 성적욕망을 자극하느냐 마느냐의 차이일 것이다. 사진모델도 그렇지만 회화나 조각이나 보는 사람의 성감을 자극한다면 누드가 아니다. 그러니 누드를 그려내기란 사진보다 참 지난한 작업이다.

스탠리 스펜서(1891~1959)는 「화가와 그의 두 번째 아내」란 제목의 그림에서 화가는 자신의 성기를 노출하고 앉아 있고, 그 앞에 가로로 다리를 벌린 아내는 반듯이 누워 팔을 올리고 있다. 살갗의 색을 제대로 표현하기 위해 털을 벗긴 양의 뒷다리 살을 맨 앞에 배치했다. 아내의 유방은 크긴 하지만 탄력을 잃어 마치 젖가슴만한 풍선에 물이 4분의 1쯤 채워진 걸 배 위에 올려놓은 것 같다. 인디언 추장의 늙은 아내처럼 유두가 옆구리까지 내려앉았다. 상상으로 그려진 그의 그림은 아주 사실적이어서 세부 묘사가 디테일하다. 입을 꾹 다물고 안경 낀 모습으로 아내의 알몸을 심각한 표정으로 내려다보는 그림이 외설스럽지가 않다. 오히려 불편할 정도의 친밀감을 느끼게 하는데 도무지 무슨 이유인지 모르겠다.

또 하나의 그림은 루시안 프로이드(1922~2011)의 「헝겊 뭉치 옆에 선 여인」이다. 프로이드의 누드는 오랜 관찰의 결과라고 한다. 그렇다고 관찰한 것의 단순한 총합은 아니란다. "사람의 몸을 관찰하게 되면 어떤 것을 그림에 옮길 것인지 저절로 알게 된다. 팩트와 진실은 다르다. 진실은 스스로를 드러내는 측면이 있다."라고 말한다. 여기서 드러낸다는 말은 육체적인 것과 심리적인 것을 모두 아우르는 것이라 주장한다. 작가가 얼마나 치열하게 대상을 바라보는가를 지적하는 말이다.

다섯 개의 방을 지나 드디어 실물크기의 조각 작품이 눈에 들어 왔다.

오귀스트 로댕(1840~1917)의 펜텔릭 대리석 작품 「키스」다. 인생의 황혼기인 60세에 시작하여 4년 만인 1904년에 완성한 「키스」는 생전에 대리석을 사용해 실물 크기로 제작한 세 점 가운데 하나다. 여자는 남자의 목을 왼쪽 팔로 감싸 안고 오른 팔은 남자의 왼쪽 어깨를 잡고 아래에서 위를 바라보고, 남자는 오른 팔로 여자의 대퇴부를 네 손가락을 모아 잡고 엄지손가락은 가로 세워 가만히 누른다. 남자의 얼굴이 위에서 아래로 여자의 얼굴을 덮어 입술을 포갠 일련의 포즈가 너무도 자연스럽다. 탄력 있는 가슴과 쭉 뻗은 여자의 각선미며 남자의 근육질이 살아 있는 하얀 대리석의 「키스」는 세계적으로 명작의 반열에 오르는 역작이다.

원래의 「키스」는 지옥의 문을 장식하고 있던 청동조각(높이74cm)이었는데 엄청난 인기를 끌자 로댕은 석고와 테라코타, 청동으로 여러 개의 소형 「키스」를 만들었다. 실물크기의 대리석은(182.2×121.9×153cm) 그 후에 제작된 것들이다.

유럽의 박물관이나 오래된 성당에는 인체를 조각한 아름다운 작품이 비일비재하다. 저 많은 조각품 중에 유독 「키스」가 사람의 마음을 끄는 이유는 누구나 공감하는 인간 본연의 애정에 대한 진지한 표현이기 때문이다. 파리 로댕미술관에서의 「생각하는 사람」도 그랬지만 「키스」는 온 몸에 전율과 함께 인간 능력의 무한함을 되새기게 했다. 불빛에 반사되어 윤이 나는 조각은 기법에 있어 쇠처럼 단단한 돌을 정으로 쪼고 사포로 갈아서 완성한 눈물겨운 노력의 결과이기도 하다. 한 작품을 4년에 걸쳐 완성하기란 정말 지난한 작업이다. 변변한 기계도 없던 그 옛날 손으로 하나하나 완성한 노력도 그렇지만 이토록 살아 움직일 것만 같은 생동감이 넘치는 작품으로 완성한 로댕의 천부적 심미안에 그저 존경과 사랑을 보낼 뿐이다.

어느 작품이나 사진촬영을 금지했는데 관람객의 열화 같은 성화를 예감했을까. 「키스」만큼은 실물크기의 사진을 벽에 붙여놓고 기념촬영을 허용하고 있었다.

미술관 측의 배려에 고마운 마음이 들었다.

2017. 11. 26.

라다크 초모리리 호수. 해발 4,200미터

그 참혹한 매력

　프랑스의 세계적 사진가 베르나르포콩은 지구상에서 가장 아름다운 곳으로 볼리비아의 소금호수 우유니를 꼽았다. 평소 물이 없는 소금밭에 비가 와서 차츰 물이 차오르고 빠지는 장면인데, 일몰 시간대의 노을빛이 그려내는 모습이 최고의 아름다움이라고 했다. 빛이 어둠으로 바뀌어 사물을 가려버릴 때까지의 변화무쌍은 칠십 평생 사진을 담으면서 그곳보다 아름다운 장면을 보지 못했다고 포콩은 역설한다. 이렇듯 풍경이 살롱조로 아름다운 곳이 있는가 하면, 자연 그대로의 처참한 황무지가 눈이 시린 황홀함으로 비쳐지는 풍경도 지구촌에는 곳곳에 숨겨져 있다.

　21세기 들어서야 문명세계에 알려지기 시작한 인도령 라다크Ladakh는 인도 북부 히말라야 산자락 중 한 곳이다. 해발고도 4,000m 언저리인 그곳에도 수천 년 전부터 사람들이 살아왔지만 이제껏 알려지지 않았던 때 묻지 않은 곳이었다. 2011년 8월, 사륜구동 SUV 자동차로 하루도 거르지 않고 열하루 동안 5,000km를 달리며 촬영했던 길 같지 않은 길에서 보낸 날들은 행복했다. 끝도 없이 펼쳐진 채 버려진 대자연의 저 무심하고 무한한 공간. 생명이라곤 존재하지 않을 것만 같은 오지. 히말라야의 비포장 길 그곳에는 생명이 있거나 없거나 간에 모두 순수함과 순결함을 간직한 지구상 홀로 존재하는 평화의 광장이었다.

그곳에서 살아가는 소수의 사람을 도무지 잊을 수가 없다. 아무리 생각해도 그곳보다 사람 살기 나쁜 곳이 지구상 어디에도 없을 것 같은데, 저들보다 행복지수가 높은 사람들이 또한 세상에 없을 것 같아서 아이러니다.

우선 길이 별로 없다. 자동차가 다닐 수 있는 길 끝에는 사찰이 있고 다시 돌아 나와 다른 사찰로 이어진다. 사람들이 살아가는 방식이 원시적이라 21세기에 이런 민족이 지구상에 남아 있다는 사실만으로 우리의 과거를 보는 것만 같아 짜릿하다. 우리 일행은 거의 매일 도시락으로 때우고 잠자리도 불편했다. 불편을 감수하고서야 바라보게 되는 자연은 황홀할 만큼 행복했다.

세상 어디서도 본 적이 없는 순수 그 자체였는데 나름 문화와 전통을 지켜가고 있었다. 하지만 그곳에도 문명의 이기가 숨어들어 청바지와 기성복을 입었고 여인의 손톱과 입술은 더러 매니큐어와 루즈가 발라져 있다. 표정이 원천적으로 해맑고 천진스러워 만나는 사람마다 "줄레(안녕하세요)~ 줄레!" 먼저 인사를 한다. 인구의 90%가 라마교를 믿으며 달라이라마를 생불生佛로 떠받든다. 도시를 제외한 대다수 국민은 농, 목축업으로 100 마리 미만의 양떼를 몰고 해발 4,000m 언저리 고산지역을 이동하며 풀이 돋아난 물가를 찾아다닌다.

온통 바위와 돌뿐이고 8월에도 밤이면 때로 영하로 내려간다. 맨땅을 1미터 깊이로 지름 5미터의 둥그런 홈을 파서 양가죽을 이어붙인 원형 천막 한가운데 기둥을 세우고 그 안에서 생활한다. 그런데 아이들은 한 집에 너덧 명씩 자라는데 남자 어른은 좀처럼 보기 어렵다. 이동식 목축업이므로 몇 개의 냄비와 식기, 난로 연통과 이불 몇 채뿐으로 최소한의 살림 도구다. 맨땅에 그냥 입은 옷 그대로 이불을 덮고 잔다. 해발 4,000m

이상은 나무 한 그루 없어 다년생 풀뿌리 관목나무 뿌리등걸이나 야크의 똥이 땔나무의 전부다. 그런데 이즈음 작은 프로판가스 통이 나귀등에 실려 배달되는 보기 드문 모습이 포착되기도 했다.

내 어린 시절은 초가집 일색이었다. 여름이면 집집마다 처마 밑에 집을 짓던 제비가 비 오는 날 마당 한가운데 걸쳐있는 굵은 철사에 너덧 마리가 나란히 앉아 빗물을 털어내며 지지배배 울던 모습이 기억에 생생하다.

벼논에서 시끄럽게 울던 개구리 울음은 귀가 따가웠다. 풀숲에서 잡은 참개구리는 더러 어른 손바닥만큼 큰 것도 있어 우리들은 억머구리라 부르며 배를 갈라 내장을 꺼내고 불을 피워 구워 먹었다. 뒷다리는 참새보다 두툼하고 고기 맛도 닭고기만큼이었다. 산언덕에서 흔히 보던 꿩알은 겉껍질이 연녹색이었는데 굵기도 닭 초란 정도여서 숱하게 주워 삶아 먹었다.

꿩알이 있는 새 집을 뒤지다 숲속에 독사가 똬리를 틀고 있을 때는 혼비백산할 때도 있었다. 밀밭 고랑에 집을 지어 새끼가 자랄 때면 새집 근처에 사람이 얼씬거릴까 하늘 높이 몸을 고정하고 울어대던 노고지리 울음은 요들송만 같아 잊을 수 없는 어린 날 철새였다. 맑은 개울물 속에 잠수하여 눈을 뜨고 물고기 떼를 쫓아다녔고 초가집 울타리 돌담 구멍에는 아홉 살 내 팔뚝 만한 황구렁이가 숨어 살았다. 그 시절이 아프도록 서럽지만 아름다워 눈물 나게 떠오르는 것은 때 묻지 않은 사람들의 인품과 자연 그대로의 순수함이다.

라다크는 우리나라 50년대보다 더 열악하고 고달픈 삶을 이어가지만, 참혹하도록 순수한 자연은 살아있는 지구의 참모습을 보는 것만 같아 감동이었으며 거기 동화되어 살아가는 사람들의 심성이 아름다워 잊히지 않는다.

69

로버트 인디애나 作

팝 아트

팝 아트Pop Art란 대중적popular이란 말에서 따온 말인데, 글자 그대로 대중에게 친숙한 광고, 상품, 유명인 등을 작품에 인용하며 쉽고 재미있게 표현한 예술로 그 역사는 겨우 오십여 년밖에 안 된다. 19세기를 지나는 동안 서구문화는 오페라, 회화, 발레와 같은 고급 예술과 TV, 광고, 만화책 같은 하급문화로 양분되어 있었다.

이때 앤디 워홀은 대통령, 영화배우, 일반인도 모두 동일하게 탄산음료를 마시고 깡통에 든 고기와 수프를 소비한다는 사실을 직시하고 팝아트라는 새로운 문화를 생각한다. "최초의 팝아티스트는 리처드 해밀턴으로 알려져 있는데 순간, 저가, 대량생산, 위트, 상업성'의 속성을 직관적으로 이용했다. 팝 아트가 차츰 주목을 받으면서 자신의 명성에 의해 '영원, 고급, 유일성, 미학, 가치'로 대변되는 1960년대 모더니즘 미술의 정수가 되었다."고 큐레이터 우현정씨는 말한다. 이렇듯 대중문화에서 시작된 팝 아트는 예술의 최상위 미술로 진화되어 현재 세계 곳곳에서 호평 받고 있다.

만화 주인공이나 유명한 영화배우의 얼굴에 정형화된 점을 배열하는 등 새로운 기법으로 오프셋 잉크를 롤에 묻혀 손으로 밀어 프린팅을 해 그림을 찍어 냈다. 캔이나 열쇠, 칼, 가위 등이 인쇄된 신문을 오려 붙이거나 나열하는 등 드로잉이 배제된 형식을 띠기도 했는데 대중의 생활 속으로 들어간 문화였다. 그러면서 유명한 유화그림의 원본에다 만화를 그려 넣는 등 고급문화에 반기를 들며 대중 속에 녹아들었다.

사진가 중에서 팝 아트의 창시자로 만 레이를 꼽을 수 있다. 젊은 시절 흑백사진 암실작업을 하면서 솔라리제이션 기법을 제대로 해보기 위해 실패를 거듭하던 때가 있었다. 만 레이는 암실에서 사진에 두 개의 선으로 사물을 표현해내는 기법인 솔라리제이션을 창안해 냈다. 나아가 인화지에 사물을 그대로 투영해서 외부형상을 얻어내는 레이 오 그람의 창시자이기도 하다. 따지고 보면 만 레이는 역사상 팝 아트의 선두 그룹이라 볼 수 있는데, 저 유명한 피카소는 만 레이의 단골 사진 모델이기도 했다.

우리나라 누드 크로키 대표작가로 우선 떠올리게 되는 분이 조정숙趙貞淑 서양화가다. 40여 년을 줄기차게 실물 누드만 그려 온 작가는 하루에 세 시간 이상 드로잉을 하지 않으면 손가락이 녹슨다고 믿는 사람이다. 초기 구상에서 최근 비구상에 치중해온 조 작가는 때로 300호 대작에 몰입하는 광기도 부리는, 우리나라 팝아티스트 중에서도 선두 그룹에 속한다.

조 화백으로부터 서울 역삼동 르메리디앙 호텔 M contemporary에서 미국의 대표적 팝아트 작품전이 열리고 있다는 소식이 왔다. 미술관 측으로부터 조 화백의 작품으로 재래식 옵셋잉크를 롤에 묻혀 한 장씩 프린팅을 한 의류를 전시해 보자는 제의가 들어왔다는 거다. 조 화백이 작품 판매동향을 볼 겸 전시장을 방문하는데 동행했다. M contemporary는 호텔에 소속된 독립 건물로 우리나라 호텔미술관으로는 규모가 가장 크다.

"미국에서 팝아트가 폭넓고 즉각적인 호소력을 가질 수 있었던 것은 대중적 이미지에 대한 노출이, 젊은이든 노인이든 시골이든 도시이든 모든 배경과 종교를 막론하고 미국인들이 공유하는 다양한 경험이기 때문"이라고 루시 리퍼드는 말한다. 로이 리히텐슈타인의 만화 이미지와 벤 데이 기법은 팝아트의 확산에 큰 역할을 했다. 그는 만화의 한 장면을 선택, 환등기를 이용해 이미지를 확대하고 화면을 벤 데이 망점으로 채움으로써 대중문화와 인쇄기술을 예술창작의 바탕으로 삼았다. 이미 존재하는 원본이미지를 단순하게 변조했다는 비판에 대해 리히텐슈타인은 "내 작품이 원본에 가까울수록 그것을 더 위협하고 비판할 수 있다."고 변론한다. 만화뿐 아니라 기존의 예술작품 무엇이든 누구나 사용할 수 있는 공공재라고 여겼고 아르데코, 입체주의, 미래주의, 초현실주의, 표현주의 등 20세기 미술사조를 연구대상으로 삼았다. 특히 피카소, 몬드리안, 마티스의 대표작을 핵심만 축약하면서 직선적인 구성과 두꺼운 선으로 평면성을 거듭 강조하였다.

엔디 워홀은 실크스크린을 이용해 마를린 먼로를 불멸의 존재로 만들었는데 사람들이 닿을 수 없는 거리에 있던 먼로를 그녀가 죽은 뒤에 아주 친근하게 마주하게 하였다. 워홀은 '죽음과 재난' 연작으로 마를린 먼로, 엘비스 프레슬리, 존 F 캐네디의 죽음을 원자탄 투하 대규모 재난피해자, 전기의자에서 사형된 범죄자, 부패한 참치통조림으로 죽은 사람들, 자동차 사고로 목숨을 잃은 사람들과 겹치게 한다. 모든 사람의 죽음은 워홀의 실크스크린 속에서 똑같이 평편해짐으로 목숨에 격차가 없음을 강조한다. 실물의 캠벨수프가 워홀의 사인을 담아 6달러에 판매되는데 비해 그가 그린 캠벨수프는 1,500달러에 팔림으로 예술의 가치를 증명해주었다.

로버트 라우센버그는 팝아트보다 네오다다에 가까웠는데 그가 선보인 콤바인의 혁신성은 대중문화와 소비사회를 주목하고 일상의 사물을 자유롭게 사용하도록 길을 터준 아방가르드 운동의 핵심이었다. 라우센버그나 재스퍼 존스와 같은 1950년대 네오다다 작가들의 실험은 팝아트의 상업적 성공에 결정적 역할을 했다.

　팝 아트는 기본적으로 단어와 이미지가 결합된 상징적 의미도 갖는다. 그런 뜻에서 가장 유명한 팝아트작품은 로버트 인디애나의 'LOVE'일 것이다. 이 작품은 1964년 뉴욕현대미술관에서 의뢰한 크리스마스카드에 사용되면서 큰 반향을 일으켰다. 이듬해 조각가들이 작품으로 제작하면서 세계에 이름이 알려졌다. 그러나 명성만큼 그늘도 깊었는데 문자로는 저작권을 인정받지 못하던 시대였기 때문이다. 1998년에 와서야 저작권 인정을 받아 'LOVE'는 머그잔, 티셔츠 등에 무분별하게 사용되기도 했다.

　서른한 살에 요절한 키스해링(1958~1990)은 스물다섯 살 되던 해에 앤디 워홀을 만나 의기투합하면서 그와 미키마우스의 조합인 앤디 마우스 Andy Mouse라는 캐릭터를 창안한다. 해링은 철저히 만화를 주제로 한 캐릭터를 발표하는데 어린이를 위한 그림이 많았다. 수십 개 도시의 병원과 고아원, 보육센터, 학교와 공공사업도 진행했다. 베를린 장벽이 무너진 3년 후 장벽 서쪽 벽에 벽화작업을 한 것으로도 유명하다. 에이즈 진단을 받고나서 에이즈 중재를 위한 키스 해링 재단을 설립하기도 했다. 사랑, 섹스, 전쟁, 죽음과 같은 인간중심 사상의 메시지를 전달하고자 창조적 노력을 했다.

　'미술관 벽에서 거리로 나온 미술'이란 'Hi POP전展'은 로버트 라우센버그에서 로이 리히텐슈타인, 앤디 워홀을 지나 로버트 인디애나와 키스 해링으로 이어지는 팝아트의 변화상을 보여주는 진품 130여 점이 전시되고 있었다. 일상과의 경계가 점차 흐려지는 미술관에서 빠져나와 거리의 풍경을 바꾸는, 그러고서 다시 미술관에 안착한 팝아트는 오늘날 대중문화의 중심에 자리한다. 다섯 작가의 작품은 그 자체로 거대한 퍼즐의 한 조각으로 자리하며 완벽한 세계를 구축했다. 작가의 방을 하나씩 돌며 조화백의 설명을 곁들으니 그 시절 팝의 도시 뉴욕에 서 있는 것만 같은 느낌이 들었다.

(큐레이터 우현정 사진집 참조)

우전차

그대 이름으로 나를 불러주오

소설 「집 없는 아이」는 프랑스 작가 엑토르말로의 1878년도 작품인데 142년이 지난 2020년 영화로 제작되었다.

줄거리는 열 살 소년 레미의 태어난 비밀과 역경 속에서 자라나는 과정이다. 태어난 지 여섯 달 만에 길거리에 버려진 레미는 시골 어느 가난한 집 남편에게 발견되어 그의 아내 밑에서 열 살이 되도록 친어머니로 알고 자란다. 양아버지가 도시로 나가 돈을 벌어 엄마에게 부쳤지만 엄마는 레미를 기르느라 저축도 하지 못했다. 양아버지가 다리를 다쳐 일을 접고 집에 돌아오고 나서야 레미는 자신이 버려진 고아였음을 알게 된다. 아버지는 레미 때문에 저축도 할 수 없었던 엄마를 윽박지르며 레미를 고아원에 보내려 하지만 엄마는 극구 반대하며 자기가 기르겠다고 고집한다. 아버지는 고심 끝에 궁리를 내어 시청에 신고하면 지원금이 나온다고 엄마를 속이고 레미의 소지품을 챙겨 고아원에 넘기려 데리고 나간다. 레미는 시청에 가지 않는 아버지를 보고 고아원에 넘기려는 계획을 알아채고 도망을 치는데, 비탈리스가 묵고 있는 허름한 집으로 피신한다. 레미를 쫓아와 붙잡아 가려는 양아버지로부터 전후 사정 얘기를 들은 비탈리스는 양아버지에게 돈을 줘 내보내고 레미를 받아들인다.

개와 원숭이를 데리고 길거리 공연을 업으로 하는 비탈리스로 인하여 레미는 노래를 부르고 영국의 귀족신분인 부모도 찾게 된다. 레미는 성인이 되어 세계적인 성악가가 되었고 늘그막에 어린이집을 지어 '비탈리스라'라 이름 붙이고 여러 아이들을 돌보며 지낸다. 비탈리스가 죽은 후 그의 무덤을 집 가까이 두고 그를 추모하며 우정을 나눈다.

영화는 늙은 레미가 어린이집 아이들에게 자신의 어린 시절 얘기를 들려주는 것으로 시작된다.

「집 없는 아이」는 소설로서 세계인을 울린 명작으로 집 없는 레미가 길러진 역경과 프랑스 사회상을 보여준다. 아무리 뛰어난 재능을 지녔음에도 제대로 펼치지 못하고 죽어간 아까운 인재가 세상에는 참 많을 것이다. 그 모두는 자기 재능을 인지하지 못한 채 사장되었다. 레미는 스스로 노래를 불렀지만 남보다 월등히 잘 하는 줄도 몰랐고 장차 노래가 자기의 인생이 될 줄은 꿈에도 생각하지 못했다. 노래를 부르면 행복한 마음이 된다는 것도 비탈리스로부터 수없는 가르침과 깨우침을 받아 터득하게 된다. 누군가 어린 아이의 재능을 알아보고 밀어주기라도 한다면 아이의 인생은 달라질 것이다.

히말라야 산자락의 해발고도 4,000m에 사는 티베트족은 90%가 라마교도들이다. 사람으로 태어나 불교를 믿으며 죄를 짓지 않는 것이 삶의 목표다. 저들보다 척박한 환경도 가난한 민족도 없겠는데 저들보다 행복지수가 높은 민족은 아마 지구상엔 없을 것 같다.

저들은 내세가 있다고 믿기에 짐승이나 미물이 아닌 다시 사람으로 태어나는 천복을 누리게 해 달라고 빈다. 그러기 위해 600km의 먼 길을 식량을 따로 수레에 싣고 길 없는 길을 3인 1조 산 넘고 물 건너 6개월에 걸쳐 오체투지五體投地를 하는 것도 즐겁다. 무릎에 댄 고무판이 구멍이

나고 손바닥에 댄 나무판자가 닳아 열 개나 갈아 끼워도 웃음으로 받아들인다. 마침내 목적지인 달라이라마가 기거하는 포탈라궁에 다다른 저들은 몸은 비쩍 마르고 체력은 바닥이라 몸져누울 판인데도 마음은 천상에 오른 듯 평온하고 넉넉하다. 유식하기를 바라거나 편리한 생활이나 풍요롭게 살아보는 게 소원이 아니고, 다만 내세에 다시 인간으로 태어나는 것만이 삶의 지향점이다. 죄를 짓지 않고 교를 믿고 따르는 것만이 그 길이라 믿는다. 아마도 저들은 내세에 다시 사람으로 태어난다 해도 이전 삶과 다를 것도 없고 마찬가지로 최선의 삶이 무엇인지 따져보지 않을 런지도 모른다.

「가장 따뜻한 색 블루」는 2013년에 만들어진 프랑스 영화로 고등학생인 열일곱 소녀 아델이 처음 체험하는 특별한 사랑의 단면이다.

반 학생들은 "섹스를 하기 위해 한 달씩이나 기다리는 것은 바보들이나 하는 짓이다."라며 떠들어댄다. 이성 간의 섹스보다 동성 간의 사랑이 훨씬 체질에 맞고 이상향이라 믿는 소녀 아델의 성적 체험은 친구들로부터 멸시를 받는다. 그 현실에서 빠져나오기 위해 다시 이성과 외도를 해 봐도 심드렁하다. 외도로 인해 동성인 애인으로부터 절교를 강요당하고 나서 하늘이 무너지는 듯 고뇌와 절규를 한다. 사람이나 동물은 이성 간에 사랑하고 행복을 찾는 게 보편적이다. 그럼에도 특별한 소수의 별난 체험으로 몸살을 앓는 소녀 아델은 십대소녀 본능에 의한 이끌림이다. 색깔로서의 블루는 차갑고 싸늘하여 따뜻한 의미는 찾아볼 수 없지만 이 소녀는 블루를 가장 따뜻하고 부드러운 색깔로 받아들인다. 이렇듯 청소년들의 다양한 취향으로 독특한 체험을 하는 것도 인생의 한 단면이고 과정이다.

이 영화는 칸영화제 황금종려상 외 제34회 런던비평가협회상 등 6개 부문을 수상했다.

1983년에 제작된 또 하나의 이탈리아 영화 「Call me by your name」은 게이에 관한 내용인데 전 세계 영화제 70관왕으로 이탈리아를 들끓게 한 문제작이다.

대학교수인 아버지가 학과 조수인 한 청년을 집에 불러들임으로 사건이 벌어진다. 교수의 아들인 열일곱 살 소년 엘리오가 키도 크고 잘 생긴 스물네 살 청년에게 빠져든다. 이 소년은 동갑내기 소녀와의 섹스에서 별 감흥이 없다가 청년과 급격히 몰입하는 깊은 사랑을 하게 된다. 청년이 이끈 면도 있지만 오히려 소년이 적극적이다. 이를 지켜보던 아버지는 어쩔 수없이 조수를 집에서 내보낸다. 집을 나간 청년은 엘리오에게 한동안 전화로 대화를 이어가며 곧 만날 것이라는 희망을 심어준다. 그러다 마음을 고쳐먹고 이성을 만나게 되고 급기야 결혼하게 되었다는 사실을 엘리오에게 통보한다. 그 소식을 들은 엘리오는 절망한다. 아이가 빗나가지 않도록 다독이고 껴안아 삐뚤어진 마음의 회복을 돕는 아버지의 처신에 초점을 맞춘 영화다.

아무라도 이정도면 문제라고 내쫓든지 야단을 쳐 진짜 문제아로 만들어 버리기 십상인데, 아버지는 아들의 자존심을 건드리지 않는다. 아들은 마음을 고쳐먹고 "내가 이런 사실을 엄마도 아시느냐?"고 아버지에게 묻지만 아버지는 엄마는 모른다며 거짓말로 아들을 다독이면서 나도 옛날에 너처럼 그런 적이 있었다며 안심하게 한다. 아이는 마음을 되돌리고 다시 이전에 만나던 소녀와 가깝게 지내며 일상으로 돌아온다.

누구라도 다시 태어난다면 살아본 것처럼 다시 살고 싶진 않을 게다.

타고난 성性마저 바꾸고 싶다면 그건 너무 엄청난 질료의 변화라서 상상하기 부담스럽다. 다만 하고 싶어도 할 수 없었던 걸 능숙하게 다시 해 보고 싶을 거다. 끝끝내 못 견뎌 죽을 만큼 사랑을 해 봐도 좋겠다. 마음대로 사물을 그리되 저 깊은 내면까지 심미안의 시각으로 들여다보고 형상화하는 미적 재능이 부럽다.

심리학의 저 깊은 곳까지, 인문학의 보다 깊은 속살까지 파고들고 더듬어 인간 내면의 피울음까지도 들여다볼 수 있는 예민함, 족제비 털끝처럼 보드랍고 감미로우며 바이칼호 영하 40도의 얼음무늬처럼 섬세하고 날카로운 시를 쓸 수 있으면 좋겠다.

김종철 비평가는 그의 비평집 『시적 인간과 생태적 인간』에서 "주어진 삶을 멋지게 엮어갈 진정하고 위대한 지혜는 우정에 있다."고 말했다. 삶을 지탱해가는 데 없어서는 안 될 귀한 인연으로 최소한 세 사람쯤, 그가 여자이든 남자이든 진정한 친구가 있었으면 참 좋겠다는 생각을 해본다.

2020. 8. 3

*코로나19가 절정으로 치닫고 우리들은 예전에 경험하지 못한 고통으로 신음한다.

구례 최참판댁 앞

가을사랑

십여 년 전 라다크로 사진여행을 한 적이 있다.

그곳은 인도령으로 티벳 접경 지역이었는데 11일간 자동차로 5,000여 km를 달렸다. 남한 땅 넓이에 인구라곤 5만 명이 못 되는 그곳은 해발 4,000m 언저리 히말라야 산자락이어서 삶이 여간 척박하고 가난한 게 아니다. 1년 중 8개월 동안 영하 20도의 겨울이다가 7, 8월 반짝 두 달 키운 밀보리가 주식이다. 수공업과 농·목축업이 대부분인 그곳에는 1천 년을 지켜온 사찰이 곳곳에 있고 대부분은 달라이라마를 생불로 믿는 라마교인이다. 국민 대부분이 문맹인 그곳은 가는 곳곳마다 비단 천에다 불경을 인쇄한 색색의 천 조각을 줄에 꿰어 바람에 날린다. 조각천이 흔들릴 때마다 천에 적힌 불경을 내가 읽은 것과 같다고 믿는다.

저들 삶의 모습을 보면서 우리 글이 있다는 것이 얼마나 큰 축복이며, 문맹률 1%인 우리나라는 축복받은 국민임에 틀림없고 문화적 혜택을 누리는 우리네 삶이 얼마나 다행인지 생각하게 했다. 그런데, 저토록 최악의 환경에서 살아가면서도 미물이 아닌 사람으로 태어난 현실이 축복이라며 표정도 아기처럼 천진스럽고 웃음과 미소가 떠날 줄을 모른다. 사람으로 태어난 현실이 축복이라며 웃음과 미소가 떠날 줄을 모르니 말이다.

오월이 방금 아장걸음으로 떠나고 이제 싱그러운 유월인데 제목이 좀 어색한가? 가을사랑이란 '그리움과 아쉬움으로 남은 애잔한 사랑'이라고 시어詩語 사전에서 풀이한다. 나의 가을사랑은 오래 잊고 살았던 손 글씨 때문이다. 젊은 날 글씨를 써 주고 돈을 벌었던 나는 손 글씨에 비교적 자신이 있었다. 2군사령부 내 국한문 혼용 차드병으로 유일하게 뽑혔던 나는 50사단소속이면서 군 참모장실로 불려가 차드를 쓰는 날이 참 많았다. 오십 대까지만 해도 마음대로 써지던 글씨가 칠십 줄에 이르니 자꾸만 비뚤거린다. 손편지를 써본 지가 언제였던지 까마득하다. 오래전부터 컴퓨터 워드로 원고를 써 버릇한 탓이다.

담배를 하루 두 갑씩 피워대다가 뇌졸중이 왔었다. 어느 날 집에서 사무실까지 승용차를 몰고 와 주차한 뒤 슈퍼에 물건을 사기 위해 걸어가는데 발걸음이 평소 같지 않게 자꾸 후들거리고 옆 담벼락으로 몸이 쓰러졌다. 아무리 똑바로 걸으려 해도 자꾸 옆으로 기울기에 바로 대형병원 응급실로 갔다. 뇌졸중 증세를 미리 알아채고 병원에 도착해 혈전용해제를 주사로 맞기까지 맥시멈 4시간이 한계라는 걸 알고 있었다. 4시간 안에 병원에서 혈전용해제 주사를 맞으면 중풍에 걸릴 확률은 0%이다. 나는 1시간도 못 돼 주사를 맞았다.

닷새 입원 중 둘째 날 의사 선생이 글씨를 써 보랬다. 평소와 다르게 작대기 하나도 제대로 그어지지 않았다. 그로부터 금연 7주년인데, 사지가 멀쩡한 요즘도 입원 중일 때만큼은 아니지만 글씨가 맘대로 써지질 않는다. 1백 페이지 쯤, 멋진 손 글씨로 작품을 남겨두고 싶은데 커다란 숙제다.

—월간 『문학의집·서울』 2019년 6월호 「내가 아끼는 우리말」

남한강 상고대

오, 눈부신 고립*

해마다 2월이면 폭설이 오기를 오매불망 기다렸다. 한 뼘 정도면 보기는 좋겠지만 내가 바라는 눈은 한 자尺 이상의 대설이다. 이유는 태백산 정상의 한 그루 주목朱木 때문인데 눈에 덮인 자연 속에 한 그루 우뚝 선 나무의 위용이 장관이어서다.

한 세기가 저물 무렵 철쭉꽃이 만발인 5월 어느 날 태백산을 찾았다. 꽃이 어느 정도일까 궁금했었는데 완전 실망이었다. 우리나라 대표적 철쭉군락지는 지리산 바래봉, 한라산 정상, 장수 봉래산, 합천 황매산 등으로 꽃 색깔도 진하고 규모도 엄청나다. 남원 봉래산은 다른 곳에 비해 규모도 작은데다 해발고도가 낮아 철쭉이 어른 키보다 웃자라 촬영하기가 어렵다. 언덕배기 바위 있는 곳을 찾아 올라서야만 능선이 보인다. 소백산 철쭉은 처량하다. 꽃은 피었으되 군락이지 않고 띄엄띄엄 인데다 꽃 색깔도 연분홍이어서 멀리서는 눈에 띄지도 않는다. 태백산도 소백산과 별반 다를 게 없었다. 연분홍 꽃은 자세히 보면 예쁘지만 멀리서는 색깔이 선명하지 않아 사진으로는 재미가 없다. 산이 높을수록 바람이 거세 키 큰 나무를 보기 어렵다. 그래서 정상의 철쭉들은 모두들 무릎 언저리로 키가 크지 않다. 한라산 정상 철쭉도 어른 무릎 높이를 넘지 않는다.

태백산 철쭉꽃 촬영을 포기하고 산행을 하던 중에 목격한 주목 한 그루는 나를 미치게 했다. 자세히 바라보니 품위도 늠름하거니와 덩치도 커서 살아 있는 나무로는 가히 우리나라에서 최고라 해도 좋을 성싶었다. 이렇게 멋진 나무를 사진가들이 지금껏 놓쳤다는 게 이상할 정도였다. 지리산 어디엔가 이보다 더 당당한 주목이 있을진 모르겠다. 덕유산에서도 엇비슷한 나무를 본 것도 같다. 그러나 길이 험한 곳에 키 큰 나무들과 섞여 있으면 배경을 단순화할 수 없어 사진가들은 눈여겨보지 않는다. 태백산 주목은 키 낮은 소나무, 철쭉 곁에서 저 홀로 우뚝 서 있어 압권이었다. 키 큰 나무는 하나도 없고 온통 철쭉뿐이다. 겨울눈이 한 자쯤 내리면 만물은 온통 순백으로 가려지고 주목 저 혼자 위용을 드러내 더더욱 그림이 되겠다 싶었다. 그 뒤로 마음은 급하고 욕심만 앞서 기상대 예보를 믿고 몇 번 갔다가 허탕만 쳤다. 마침 사진애호가인 망경사 주지 혜원스님을 만나 도움을 청하고부터 눈 속에서의 주목을 제대로 바라볼 수 있었다.

눈이 10cm만 내려도 도회지는 난리법석이다. 도로 사정은 엉망이 되고 여기저기 사고가 빈발하지만 도시는 준비해 둔 제설차와 염화칼슘으로 그나마 문제를 해결한다. 그러나 고지대 오르막길은 눈이 얼어붙으면서 낙상 및 차량접촉사고가 빈번하다. 눈이 계속하여 더 쌓이면 산중의 외딴 마을은 고립이 되고 급기야 새와 짐승들마저 생명의 위협을 받는다. 이쯤 되면 여름철 홍수 못지 않게 농촌의 비닐하우스나 시설물의 특수작물은 더 심각한 피해를 당하기도 한다.

오오, 눈부신 고립/ 사방이 온통 흰 것뿐인 동화의 나라에/ 발이 아니라 운명이 묶였으면…

시인은 폭설에 묶여 갇힌 것을 눈부신 고립이라 했다. 사랑하는 사람과 길을 나섰다 폭설을 만나 옴짝없이 갇힌 낯선 곳에서의 일탈은 누구라도 한번쯤 바라는 로망이겠다. 낯선 곳에서 겪게 되는, 둘만이 함께 밤을 보내야 하는 이런 극적인 상황은 차라리 운명이라 해도 좋겠다. 그렇게 안전한 숙소에서 발이 묶임에야 고립은 축복이리라. 그러나 폭설 속의 고립은 당해 보지 않은 사람은 심각한 사정을 모른다. 민가는 몇 킬로미터 밖이고 기름은 떨어지고 먹을 것도 없는 지경이 되면 생사의 갈림길에 허덕이게 된다.

눈에 가려 순백인 곳에 주목 한 그루 홀로 서 있다는 상상만으로도 가슴이 벌렁거리고 심장이 뛰었다. 요즘도 폭설이 내리면 어디든 가고 싶은 마음은 마찬가지다. 눈이 왜 그리 좋은 걸까. 사진은 빼기작업인 때문이다. 가리고 싶은 것들을 눈이 덮어 가려주어 사물이 단순화되니 아무거나 찍으면 그림이 된다.

고립된 마을의 강아지 눈동자만 생각해도 가슴 떨린다. 산짐승의 발자국도 발길 따라 쫓아가고 싶도록 정겹다. 사실 폭설일 때는 함부로 길을 나서면 안 된다. 동행이 둘이라도 불안하다. 셋 이상 동승하되 가능하면 차량 두 대 이상 여럿이 함께 가야 한다. 눈길에서는 짐을 많이 싣거나 차체가 무거울수록 전복의 위험은 적다. 가벼운 승용차보다는 SUV나 사륜구동차가 훨씬 유리하다. 때문에 혼자보다는 여럿이 좋다. 카메라 가방이 무거워 넷 정도면 중량이 묵직해 안정적이다. 타이어 마모는 치명적 결함이다. 무엇보다 눈길 운전 경험이 없으면 일단은 나서지 말아야 한다. 계곡에 갇히면 휴대폰도 터지지 않고 사고를 알릴 방법도 없어진다. 특히 산비탈을 지나다 미끄러지면 그대로 몇 바퀴인지도 모르게 낭떠러지로 굴러 그야말로 큰 사고로 이어질 수도 있다.

눈이 무릎 높이 쌓였을 때는 등산화에 패치를 덧씌운 것보다 고무장화가 훨씬 제격이다. 눈 속의 상황을 알 길 없는데 어쩌다 물구덩이에 빠져 발목까지 물에 잠기는 날엔 동상에 걸리기 십상이다. 요즘 장화는 안에 털이 내장되어 폭신하고 바닥은 미끄럼방지용 금속까지 박혀 있는 것도 있다. 눈 위에서 차량출발 때는 기어를 2단에 놓고 시속 30km의 서행이 필수다. 저수지 얼음판 위에서도 핸들이 정 위치이고 시속 50km 이하면 급브레이크를 밟아도 직진방향에서 한 치 흔들림 없이 그대로 제동이 된다. 그러나 50km 이상이면 핸들은 제멋대로이고 차체는 통제불능 상태가 돼 끔찍한 사고로 이어질 수밖에 없다. 이것은 사륜구동 자동차에 대한 경험담으로 일반 승용차는 절대로 눈길에 나서면 안 된다. 눈길이 예상되는 11월부터는 체인과 고무장화, 방한장갑 등을 필수품으로 트렁크에 비치해야 한다.

설경은 한계령이나 진부령은 말할 것도 없지만 발길 드문 오지이면 어디나 좋다. 요즘은 지방도 어디나 제설차가 작동해 큰 위험이 없다. 그러나 눈이 계속 내려 쌓이는 날은 위험하다. 더구나 큰 길을 벗어나면 제설이 안 돼 통행이 어렵다. 차가 더 이상 들어갈 수 없는 길 입구에 차를 세워두고 조금만 걸어 들어간 계곡은 황홀한 정경이 펼쳐진다. 골 깊은 곳에는 배고픈 노루가 마을을 기웃대는 장면도 보이고 짐승들 발자국도 정겹다. 다양한 형체의 자연이 주는 경이로움은 그 앞에 서 봐야 절로 탄성이 나고 내가 살아 있음에 대한 감사의 마음이 샘솟는다.

이미 이승을 떠난 지 오래인 망경사 주지 혜원 스님과 단 둘이 절간에서 마시던 차 맛과 스님의 온화한 얼굴이 생각난다. 사진을 좋아하던 스님이 필름카메라로 찍은 사진들을 보여주시던 모습이 선연하다. 칠십 대 중반이던 스님도 열반하시고 한 가닥 푸른 잎을 달고 있던 주목도 이제 말라버렸다. 죽어서도 천 년을 버틴다는 태백산 주목은 죽어서야 보호수로 지정되어 철책을 두른 채 그 자리에 남아 있다.

2015. 3.

* 「오, 눈부신 고립」은 문정희 시인의 시 「한계령」에서 차용했음.

양평대교 미명

홍여새

나의 버킷리스트

11월에 핀 더덕꽃

봄비 내리면

나는 사계절 중 봄이 가장 좋다. 겨우내 회색빛 우중충 적막하던 산야에 꽃이 다투어 피기 때문이다. 눈 속에서 피는 매화, 복수초를 비롯 바람꽃 너도바람꽃 변산바람꽃 노루귀 새끼노루귀 섬노루귀 현호색 애기현호색 댓잎현호색 할미꽃 깽깽이풀 모란 작약 모데미풀꽃 등 수많은 꽃들이 3월 초순에서 5월까지 흐벅지게 피어난다.

모란과 작약은 귀족적인 꽃으로 꽃봉오리가 크고 우아하지만 수명이 짧아 아쉽다. 깽깽이풀꽃도 빛깔이 참 곱고, 현호색은 그 색깔이 쪽빛보다 더 짙푸르지만 해발 800m 언저리에 피어 쉽게 볼 수 없는 게 아쉽다. 제비꽃은 자세히 보아야 예쁜데 아주 작은 풀꽃으로 봄이면 어디서나 고개를 내민다. 시골 집 주변이나 들판 낮은 언덕에 피는 것은 대부분 털제비꽃으로 보라색이다. 산에서 자라는 둥근털제비꽃 알록제비꽃 잔털제비꽃 등 제비꽃도 흰색, 붉은색, 자색으로 여러 가지다.

겨우내 기다리던 봄은 화단 울타리 쥐똥나무가 먼저 알려준다. 죽은 듯 마른 가지였다가 새순이 터지는가 싶으면 어느새 가지가 안 보일 만큼 잎으로 무성하다. 그때쯤이면 진달래 개나리도 지고 천지에 만발하던 벚꽃도 꽃잎을 떨구기 시작한다. 벚꽃은 일본 국화國花지만 원산지는 우리나라 제주도다. 벚꽃이 아름다운 건 피었을 때만큼이나 질 때도 소녀 같은 청초함이다. 꽃비 내리듯 꽃이 피고 한 주쯤 지나면 꽃잎은 저절로 하나 둘 떨어지기 시작하는데, 바람이 잠들어도 눈송이처럼 나풀나풀 춤추며 나붓거리는 모습은 누구라도 가슴 찡한 모습니다. 포도鋪道에 떨어진 꽃잎은 바람 따라 자리를 옮겨 다니고, 비 온 뒤 흥건히 고인 물에 떨어져 이리저리 움직이는 꽃잎들은 가녀린 소녀를 닮은 듯 애잔하고 청아하다. 벚꽃 살구꽃 복사꽃은 닮았기도 하지만 동시에 다투어 피고, 꽃 이파리 크기와 꽃잎도 다섯 장씩 똑같다. 지는 꽃잎은 희고 붉은 것들이 뒤섞여 혼란스러울 것 같지만 새끼손톱보다 작아서 앙증맞고 귀엽다. 복사꽃은 가장 진한 분홍색이라 눈에 띈다. 벚꽃 잎이 바람에 우두둑 떨어지는 모습을 ND 필터를 사용, 저속셔터로 촬영해 보는 것도 색다른 맛이다.

소나무나 상록수 저 푸른 잎은 절개가 굳어 좋긴 하지만 옷을 갈아입을 줄 모르니 처량하다. 그렇더라도 삭막한 겨울에 녹색으로 보여주는 것은 고귀한 몸짓임에 틀림없겠다. 일 년에 두 번 피는 꽃은 드물게도 생태교란종이겠지만 한 번 피우기 위해서도 모진 인고의 날을 참아냈다 때가 되면 결사적으로 피워낸다. 동물이 우성인자를 퍼뜨리기 위해 죽음을 불사하고 결투를 하는 것처럼 꽃나무도 자기 유전자를 퍼뜨리기 위해 죽을 만큼의 고통을 참아낸다. 몇 백 년 된 건물 벽 틈에서도 손가락 굵기로 나무가 자라고, 아스팔트 틈새에도 풀꽃이 자란다. 민들레나 망초, 질경이가 그렇다. 식물은 거의 줄기에서 꽃을 피우지만 죽음이 임박하면 뿌리에서 바로 꽃을 피워내기도 한다.

봄빛은 남으로부터 올라오는데 내가 좋아하는 봄은 창녕 우포늪이다. 4억3천만 년 동안 한 번도 물이 마른 적이 없고 깊이도 1m 남짓 야트막한 늪지에 우리나라 수생식물의 태반이 모여 자란다. 70만 평에 이르는 거대한 늪지는 세 개 면소재지를 접경으로 1998년에 국제보호습지로 지정되어 보존되고 있다. 이곳은 가히 철새들의 낙원이다. 노랑부리저어새 큰고니 청둥오리 쇠오리 등 62종이 서식한다. 아주 눌러사는 것도 여러 종이지만 일주일 정도 머물며 에너지를 충전해 떠나는 철새들이 대부분이다. 아무 때라도 발이 긴 백로와 왜가리들이 가만가만 물속을 걸으며 고기 잡는 모습을 볼 수 있다. 기러기 백로 물총새 장다리물떼새 민물도요 고니 등 철따라 새들은 서식한다. 민물고기 조개류 등 새들의 먹이가 사철 내내 풍성하기 때문이다. 물 위를 나는 철새들과 쪽배를 타고 고기 잡는 어부랑 수양버들 늘어진 물빛 풍경은 어디서나 포근한 봄날의 그림이다. 우렁이와 붕어는 현지주민들의 수입원이다. 우포늪은 생태보호구역이라 외지인의 출입을 막기 위해 오토바이 상주 지킴이가 하루에도 몇 번씩 순찰을 한다.

우포늪과 함께 언제부턴가 창녕읍은 6만 평에 이르는 유채단지를 조성해 가도 가도 끝없는 유채꽃길을 만들어 관광객들의 볼거리가 되었다. 4월 중순이면 유채꽃 그 엄청난 장관을 볼 수 있다.

청송 주산지 왕버들도 빼놓을 수 없는 아름다움이다. 5월 초순이면 전국에서 사진가들이 몰려와 자리다툼으로 난리다. 나무판자로 전망대를 만들어 놓았지만, 그곳에는 카메라 삼각대를 10대 정도만 세울 수 있다. 그 자리 차지를 위해 새벽 두 시부터 터를 잡고 밤을 지새우는 사진가도 여럿이다. 주산지는 봄날 해 뜨기 전 물안개가 피어오르면 거울처럼 잔잔한 물과 안개가 신록과 산벚꽃이 함께 어울려 장관을 이루어 사진가들의 넋을 빼놓게 한다. 그리하여 전국에서 수백 명의 사진가가 몰려든다.

하지만 물안개는 날마다 피우는 게 아니다. 낮과 밤의 기온차가 13도 이상이어야 하는데 쾌청하고 바람이 불지 않아야 생긴다. 그러니 주말 하루 날 잡아 물안개를 보기란 천우신조 없이는 불가능하다. 그나마 주산지는 600m 고도지역이라 5월에도 물안개가 자주 피어오르긴 한다. 다만 물속에서 자라는 일백오십 년생 왕버들이 가장자리를 제외한 저수지 가운데 것들은 거의 죽어버려 풍치가 예전만 못하다. 20년 전만 해도 사진가 외엔 찾는 이가 없어 자연 그대로였는데, 요즘은 평일에도 관광객이 1천 명씩 드나들어 저수지 주변 나무들이 몸살을 앓는다. 철책을 쳐놓고 물가로 내려가는 것을 막으려 해도 잘 지켜지지 않는다.

4월 중하순 봄비가 내리고 나면 하루아침에 나뭇잎들은 춤을 추듯 기지개를 펴는데 그 모습이 눈에 어른하고 눈 깜짝할 새 성큼 자라 짙푸르다.

월간 「한국수필」 2021. 4월호

지구촌의 생명들

1960년대까지만 해도 우리나라 남북한에 호랑이와 표범을 봤다는 사람이 있었다. 마을 전체가 초가지붕에다 울타리는 거의 돌담이었는데, 그 돌담 속에는 아홉 살 내 팔뚝만 한 구렁이도 살았다. 구렁이는 주로 쥐를 잡아먹는데 집 주변뿐만 아니라 들판에도 쥐는 참 많았다.

물가나 언덕에 두루미도 쉽게 볼 수 있었고 논에서 마음대로 삼을 재배했다. 밭에는 목화도 많이 심었는데 꽃 피기 전 봉오리로 맺혔을 때 과일인 양 많이 따 먹었다. 집집마다 삼을 찌고 껍질을 벗겨도 그 잎이 마약인 줄 꿈에도 몰랐다. 잎은 더미로 쌓여 퇴비로 쓰거나 쓰레기로 불에 태웠다.

언덕배기 넓은 밀밭에는 종달새가 많았는데 경상도에선 노고지리라 불렀다. 종달새는 여기저기서 울어댔는데, 밭고랑 사이 새집에는 알이나 새끼가 너덧 마리 자라고 새집 위 하늘높이 수직으로 날아올라 움직이지 않고 날갯짓으로 한 자리 고정해서 울어댔다. 그 종달새 울음은 자연에서 듣는 아무리 들어도 싫지 않은 노래였지만 이젠 들을 수도 볼 수도 없는 농약이 없던 시대의 산물이다.

개천 물은 맑아 송사리, 피라미, 동자개, 꺽지, 모래무지, 미꾸라지 등 지천이었다. 자전거 살과 대나무로 고무총을 만들어 잡은 물고기는 된장

망둥어

과 고추장을 발라 조림을 해 밥반찬으로 자주 먹었다. 물고기는 유일하다시피 한 단백질 공급원이었는데, 그 민물고기 독특한 맛은 도무지 잊히지 않는다. 눈은 키 높이로 쌓일 때가 많아 눈을 치우느라 난리였다. 잎도 다 떨어진 감나무 우듬지 몇 개 달린 빨간 홍시엔 소복이 눈 쌓인 풍경과 직박구리, 동박새가 홍시를 파먹는 모습이 지금도 그림처럼 번져온다. 그 많던 종달새와 물고기, 뱀과 개구리들은 다 어디로 갔을까.

지구상에는 네 곳의 대초원이 있다. 몽골과 중국 신장 위구르 나라티 초원, 칠레 파타고니아 그리고 북미 대평원이다. 세 곳은 들어 봤겠지만, 북미에 15,000km² 넓이로 대자연이 남아있다는 사실은 좀 생소할 것이다. 이것은 잉글랜드 남서부를 합친 면적과 맞먹는다. 저 옛날 청동 무기를 쓰던 시대와도 별반 달라진 게 없이 지금까지 버려진 채 자연 그대로 보존되어 있다. 지구상에 7,80년 된 관목이 남아 있는 곳은 찾아보기 쉽지 않다. 관목이란 뿌리에서 여러 갈래로 솟아나는 나무인데 사람 무릎 높이로 더 이상 자라지 못하는 나무이다. 줄기라고는 손가락 굵기에 머물러 있는 것들이다. 초원은 듬성듬성 나무들이 자라기도 하지만 끝도 없는 대지에 풀만 자라는 곳이다. 오늘날 인공위성이 화성에 도달하는 최첨단 시대에 이런 대자연이 미국에 남아 있다는 건 놀라운 사실이다.

이곳에는 19세기 이전만 해도 버펄로가 5천만 마리나 들끓었다. 이후 유럽 백인들이 쳐들어와 아메리카 인디언을 몰아내고 무차별 사냥을 해 한 세기 만에 겨우 3백 마리로 줄어버렸다. 뒤늦게 정부에서 버펄로 사냥을 금지하여 21세기에 와서야 겨우 5천 마리로 불어났다. 최근에는 저 북미 대초원에 곰, 퓨마, 늑대들이 아무런 간섭 없이 살 수 있도록 개발을 금지시키고 있다. 그 가장 밑바닥에 프레리도그는 쥐보다 약간 큰 설치류로 땅에 굴을 파고 살아가는데, 하루종일 잡아먹히지 않기 위해 망보는 것이 일이다. 위아래 두 개씩의 날카로운 이가 있는 이것들은 뒷발로 서거나 작은 나무 위에서 독수리나 붉은매, 붉은꼬리말똥가리 같은 하늘의 무법자와 검은발족제비, 오소리, 코요테, 불스네이크, 방울뱀 등등 땅으로부터의 공격에 일분초도 경계를 늦추지 못한다. 프레리도그는 한때 지하세계를 구축하여 수 없이 많이 활개 치며 목초지에서 가축과 경쟁했으나 지금은 겨우 1%만 남아 눈에 띌 정도다. 이것들이 파놓은 구멍은 말이 달릴 때 넘어지는 요소라며 총으로 쏘고 독약을 뿌리고 불을 놓아 섬멸했다. 프레리도그가 많아야 오소리가 늘어나고 덩달아 살쾡이, 노루, 늑대, 퓨마들이 찾아온다.

예수가 오기 이전부터 이 땅에 살았던 아메리카인디언들은 이런 목초지와 대자연을 향유하며 살았다. 버펄로는 인디언과 더불어 살아가던 자연이었다. 버펄로가 떠난 빈 초원에서 인디언들은 희망을 잃고 낙심하여 마약인구만 늘어나 평균수명이 20년이나 단축되었다. 그러던 이곳에 드디어 인디언 마을에도 버펄로가 돌아오기 시작한 것이다. 이들에게 살아볼 희망이 생겼다. 버펄로는 인디언과 함께 살아온 그들에겐 실로 없어서는 안 될 경제력과 먹거리였다.

목초지 늪에는 고기잡이 살쾡이 프라이오네일러루스 일명 비버리누스도 산다. 이들은 수초 사이에서 미끄러운 물고기를 잡는 특별한 재능을 가졌다. 그래 광대한 습지는 그들의 사냥터다. 어미는 수초 사이에서 금방 커다란 물고기를 잡는 데 반해 새끼살쾡이는 서툴다. 한참을 뛰었지만 한 마리도 못 잡고 포기한다. 이다음 엄마에게서 다시 교육을 받을 것이다. 살쾡이는 겉의 긴 털 밑에 짧은 털이 빽빽이 잠수복 역할을 해 피부가 물에 젖지 않는다. 또한 이들은 발가락에 물갈퀴 비슷한 게 있어 자유롭게 물속 생활이 가능하다.

살쾡이는 가정에서 기르는 일반 고양이보다 작다. 새끼들은 일정한 시기까지 물 근처에도 가지 못하도록 어미가 데리고 다니지만 적당한 때가 오면 물가로 인도한다. 새끼들은 처음엔 주저해도 곧 물에 익숙해진다. 어미의 행동을 유심히 보고 정확한 거리 측정과 움직이지 않고 기다렸다 한 번에 낚아채는 방법을 터득할 것이다. 그것은 여러 번의 실패 끝에 습득되는 기술이다.

남아프리카의 나미브 사막은 세계에서 가장 오래된 사막으로 수백 킬로미터에 이르도록 지표수가 없다. 그런 곳에도 동물이 산다. 고양이과 사자도 있고 큰뿔사슴, 여우와 오가는 짐승도 있다. 모래 속에는 뱀이 머리만 내밀고 있다 지나가는 도마뱀을 잡아먹는다. 무시무시한 독침을 자랑하는 뱀 외에 딱정벌레와 전갈도 있다.

초식동물의 대표는 들소다. 풀을 찾아 수백 킬로미터를 이동한다. 지구상에 야생 소는 인도의 가우르와 티베트 야크, 아시아 밴팅과 물소, 아프리카들소까지 다양하다. 미국은 사향소와 버펄로가 유명하다. 수놈 버펄로는 무게가 1톤이 넘는데, 등짝이 높고 뒤태가 날씬하다. 최근 세계 최초로 자이언트 황소가 우리나라에서 개발되어 그 무게가 1.6톤이나 나가는 것도 있다. 이탈리아 투우 경기를 보면 황소는 붉은 색에 민감한데 소는 색채를 몇 가지나 구분할까, 빨간색을 특히 잘 본다는 건 사실일까. 해답은 엉뚱하다. 소는 붉은색을 전혀 구분하지 못한다. 모든 소는 초록과 파랑만 구분한다. 나머지는 모두 연초록이나 연노랑으로 보인다.

소가 가장 잘 반응하는 것은 갑자기 움직이는 물체다. 수풀 속에서 튀어나오는 맹수를 구분하는 데 여러 색상은 오히려 방해다. 소의 눈은 앞으로 향하지만 일부 뒤에서 움직이는 것도 보는 게 가능하다. 모든 야생동물은 갑자기 움직이는 물체에 민감하다. 들소와 가축의 다른 점은 들소는 태어나서 죽을 때까지 도망치는 법을 배운다는 거다. 스스로 먹이를 찾아야 하고 포식자로부터 도망 다녀야만 한다.

지구상의 모든 생명체는 물이 없으면 살 수가 없다. 코끼리는 하루 100kg의 물을 마시고 소도 풀에서 물을 흡수하지만 그래도 따로 물을 마셔야 살아갈 수 있다. 그리하여 웅덩이나 물이 고인 곳은 동물들이 찾아가기 마련이다. 물도 코끼리는 제약 없이 먼저 마시지만, 여타 동물은 함부로 마실 수 없다. 사자나 호랑이가 먼저 마시고 들소와 사슴 등 취약한 동물은 눈치를 봐가며 나중에 마신다. 물을 마시다 죽는 경우가 허다한데 물속에서 눈만 내놓고 기다리는 악어 때문이다. 악어는 6톤이나 되는 코끼리와 하마를 제외한 거의 모든 동물을 잡아먹는다.

*내셔널지오그래픽 TV 참조

갈 곳 잃은 바이러스

"지구의 88%이던 야생이 불과 100여 년 사이에 23%로 줄었다. 서식지를 잃어버린 동물들이 인간사회로 이동하면서 동물에 붙어있던 바이러스들도 갈 곳을 잃고 기후 난민이 되어 인간 근처로 오게 된 것이 오늘날 인류가 당면한 전염병이다. 지구가 스스로 다시 야생으로 돌아가기 위한 몸부림이다. 우리는 마침내 그 대가를 치르고 있다."

조선일보 워싱턴 특파원 김진명 기자가 미래학자 제러미 리프킨 박사와 가진 인터뷰 내용이다.

스웨덴 언어학자 헬레나 노르베리 호지 여사는 1976년에 라다크를 찾는다. 처음엔 한 달 정도 예정했는데 한 달만 더 하던 것이 16년을 살게 되었다. 이상하리만치 저들의 언어를 빠르게 습득한 것도 이유지만 세상에 알려지지 않은 인류 최고最古의 자연이 그곳에 살아있었기 때문이다. 그리하여 1996년에 『오래된 미래』라는 책은 발행되고, 2007년에 우리말로 번역되었다. 그것을 읽고 나는 버킷리스트 1호로 라다크를 꼽았다. 2011년에야 꿈이 이루어져 사륜구동 지프차를 타고 열하루 동안 매일 400km 이상을 달렸다. 길 같잖은 비포장, 낭떠러지 까마득히 계곡에 처박힌 화물차를 보면서 도합 약 5,000km를 누비며 사진으로 담았다.

이동 주택 내부

인도령 라다크Ladakh는 히말라야산 자락이다. 해발고도 3,500~ 7,600m여서 사람이 살아가기에는 불가능에 가까운 지역이다. 그럼에도 남한과 비슷한 면적에 인구 사만오천여 명이 뿔뿔이 흩어져 살아간다. 연중 8개월은 눈과 얼음에 갇혀 관광객도 출입이 엄격히 통제된다. 두어 달 반짝 풀이 돋아나 밀, 보리, 유채 등을 심지만 사는 게 원시생활 그대로다. 인도 땅이지만 접경인 티베트 언어와 문명을 지켜간다.

인도 국내선 비행기가 라다크 수도 레Lah에 내렸을 때 이미 그곳은 해발 3,500m 고지였다. 우리는 더 높은 곳으로만 향했는데 자동차가 갈 수 있는 세계 최고 높이 해발 5,600m '카르동 라' 고개까지 올랐다. 8월인데도 눈과 얼음이 키 높이로 쌓여 패딩점퍼를 입고도 추위를 견디어야 했다. 또 고산병 예방책으로 비아그라를 아침마다 100mg 한 알씩 먹었다. 그런데도 몇몇은 4,000m 이상에서 고산병으로 급히 3,000m 아래로 내려가야 했다.

이곳에는 눈표범을 위시하여 티베트불곰, 야생야크, 티베트푸른양, 우는토끼, 야생당나귀, 베일리스네이크, 검은꼬리두루미, 깡충거미, 마멋 등등 짐승도 수없이 많다. 눈표범은 해발 6,000m 언저리에 사는데 티베트푸른양이 깎아지른 바위틈에 서식해 먹이사슬에 영향이 없다. 깡충거미는 자기 몸의 수백 배를 뛰어다니며, 네 개의 눈 중 가운데 두 개는 망원경처럼 멀리 있는 벌레를 정확히 보고 거리를 측정해 단번에 사로잡는다. 마멋은 고양이만 한 설치류인데 태어나서 죽을 때까지 잡아먹히지 않기 위해 도망가고 숨는 데에 온 신경을 다 쓴다. 뒷다리와 꼬리로 서서 하늘의 독수리와 매, 땅에는 여우 등의 천적을 살피는 게 일이다. 우는토끼도 마찬가지로 8m 깊이의 굴을 파고 천적이 나타나면 특유의 캑캑 울음소리로 경고를 하고 굴속으로 피신하는 게 생활이다. 말과 동족인 야생당나귀는 무리 지어 생활하는데 가축으로 길들이기가 매우 어려운 동물이다. 베일리스네이크는 얼음 주변에서 살아가는 유일한 뱀인데 온천수가 있어 가능하다. 온천수를 10m만 벗어나면 얼어 죽지만 개구리와 물고기가 있어 고산지대에 적응되었다.

야생야크는 폐 크기가 소의 두 배여서 공기가 희박한 고지에 잘 적응하여 몸집도 1톤 넘게 자라 눈표범도 섣불리 덤비지 못한다. 그러나 최근 보기가 매우 힘들어졌다. 요즘은 가축용 야크가 1,400만 마리로 불어났는데 몸집이 야생야크의 반 정도 크기다.

고산 대머리수리는 6km 밖에서도 움직이는 먹이를 포착한다. 검은꼬리두루미는 전 세계 개체수의 70%가 이곳에 서식하는데 이미 수백 년 동안 그렇게 살아왔다. '두루미야 네 날개를 빌려다오. 나는 리탕 너머로는 가지 않을래. 그곳에서 다시 돌아오리니…' 사람들은 라마가 환생할 장소를 두루미가 예언한다고 믿는다. 리탕 지역에서 라마가 탄생해 왔기 때문이다. 검은꼬리두루미가 자기 밭에 내려앉으면 크게 반기는 이유다.

라마불교의 윤회사상이 뿌리박힌 이곳은 이번 생의 행위가 다음 생을 결정한다고 굳게 믿으며 다음 생에도 미물이 아닌 사람으로 태어나게 해달라고 빈다. 해발 3,000m 분지 물가에는 더러 몇 백 년 된 미루나무도 자라지만 워낙 나무가 귀해 흙벽이나 돌을 섞어 지붕도 없는 사각四角 집을 짓는다. 연중 200mm 미만의 비는 한 번에 물이 흐르도록 내리지도 않는다. 비 보다는 설산의 눈 녹은 개울물이 생명수다. 바위와 암벽뿐인 이곳에도 여름이면 천지에 풀이 돋고 꽃이 핀다.

티베트는 승려와 사찰의 나라다. 영적 스승이자 깨달은 안내자를 '라마'라고 부르는데 달라이라마는 생불이며 추앙되는 극존이다. 집집마다 불상을 모시고 아들이 둘이면 하나는 반드시 사찰로 보내 스님이 되는 것을 업이며 천복으로 여긴다. 마니 통은 기도와 같아 걸으면서도 통을 돌린다. 대부분 문자해독을 못해 다섯 가지 색상의 비단 천에 불경이 인쇄된 것을 바람에 날린다. 천이 흔들릴 때마다 불경을 한 번 읽은 것과 같다고 믿는다. 때문에 사찰이나 길목 언덕배기 높다란 곳이면 이정표인 양 돌무덤을 쌓고 밧줄을 둘러매거나 색색의 비단 조각을 줄에 꿰어 날린다. 그 비단이 낡으면 새것으로 갈아 끼우는데, 낡을수록 집에 보관하면 복이 온다고 하여 서로 쟁취하려고 난리법석이다.

생사의 순환에서 벗어나 모든 존재에 이롭도록 살아가려는 이들에게 생의 끝은 조장鳥葬이다. 시신을 잘게 잘라 되도록 높은 곳에 독수리의 먹이로 놓아두는데, 이곳 사람들의 행복지수가 세계 1위로 나타난 것은 참 아이러니다. 그런데, 가스통이 말등에 실려 가던 걸 어쩌다 보았던 2011년이다. 서구 문명은 그동안 얼마나 잠식했을까. 보는 이마다 "쥴레~ 쥴레~(안녕하세요)" 먼저 인사하던 아낙들의 천진한 미소가 아직도 번져온다.

티베트 남동쪽에 있는 얄룽강은 잘 알려지지 않은 곳이다. 이 강은 미국의 그랜드캐니언의 세 배가 넘는 지구상 최대의 협곡이다. 빙하를 녹인 물은 베트남 메콩강과 버마 살윈강, 중국 양쯔강과 황허로 흘러든다. 고원의 빙하는 봄과 여름이면 거대한 열판처럼 달아올라 중국 문명의 모태인 황허강을 거뜬히 채운다. 이 물줄기는 아시아 기후와 수계에 커다란 영향을 미치며 세계 인구의 절반을 먹여 살린다. 적어도 21세기 현재로선 그렇다.

에베레스트 정상 부근은 얼음으로 뒤덮여 있었지만 기후 변화에 의해 대부분 사라져 버렸다. 드넓고 신비한 이곳은 티베트가 왜 지구에 중요한지 그 단서를 제공한다. 그러나 앞으로 30년 내에 이곳 빙하의 80%가 사라질 것이란 예측이다. 그때가 되면 황허 강물은 말라버릴 것이고 길 잃은 바이러스들은 또 어떤 얼굴로 인간과 공생하려들지 예측불가다.

제주도 우도

예외는 없다

'시는 상징이다'라는 말이 있다. 상징이 뭘까. 그 글에서 쓰인 언어가 지시어指示語가 아닌 지시된 사물과는 다른 의미를 갖고 있다는 것. 혹은 추상어를 구체적인 사물로 표시하는 것. 가령 사람을 보고 "당신은 꽃이다"라고 적는다면, 당신이 곧 꽃이라는 사물이 아니라 꽃과 같은 사람이라는 뜻이다. 이때 당신은 "꽃과 같은 사람이다"라고 적는다면 그것은 시가 아니다. 적어도 시적詩的이지 않다. 시는 상징과 상상력의 결과물이다. (김주연 문학평론, 숙명여대 명예교수, 대한민국예술원 회원)

시인이 되기 전 '시는 상징이다'는 말을 누군가 해 주지도 않았고 제대로 이해하지도 못했다. 산문이 시가 되려면 결단코 상징적이어야만 한다. "저는요, 시는 두고 수필이라도 좀 쓰고 싶어요." 작가를 꿈꾸는 사람들 중 대부분은 '수필이라도'라며 수필을 별로 무겁지 않은 문학으로 여긴다. 누구라 아주 해맑은 얼굴로 이렇게 말하지만 수필이 생각처럼 그렇게 가벼운 문학은 아니다. 수필집은 수없이 출판되고 있어도 독자에게 감동을 안겨주는 책으로 내놓기란 결코 쉽지 않다. 수필 쓰기도 그만한 수업료를 지불하지 않고는 불가능한 문학이다.

스티븐 킹은 말한다. "잘 쓰고 싶으면 많이 읽고 많이 쓰는 일을 슬쩍

피해 갈 수 있는 방법은 없다."라는 스티븐 킹의 말처럼 글을 잘 쓰기 위한 지름길은 없다. 많이 쓸수록 더 잘 쓰게 되고, 그 누구에게도 예외는 없다. 타인을 감동시키기 위해 내 안에 쌓여있는 무진장한 경험을 제대로 입력하는 작업이란 책 읽기뿐만 아니라 쓰는 수업을 통해 이전에 미처 알지 못한 것들, 타인의 경험과 지혜를 이해하고 깨달아 많이 써야 한다.

우리는 매주 한 번씩 만나 2시간 동안 공부를 한다. 나는 이런 수업을 십육 년 간 쉬지 않고 꾸준히 이어왔다. 그리고 새롭게 완성된 수필을 때때로 문우들에게 발표한다. 수업이란 폭넓은 책읽기와 타인의 경험을 내 것으로 이해하는 것, 그리고 결과물을 내놓는 작업이다. 더욱이나 주제를 정해놓고 수필 쓰기란 더 어렵다. 그래도 자꾸 그렇게 써 버릇해야만 한다. 그리고 쓰고 나서 다듬는 과정을 빼놓을 수 없다. 헤밍웨이는 글을 쓴 후 사백 번을 고쳤다는 말도 있다. 한승원 소설가도 장편소설을 완성해 놓고 스무 번 고쳤다고 했다. 삼백 페이지의 소설을 스무 번씩이나 고쳤다는 말은 생각만 해도 끔찍하다. 참 이상한 것은 고치고 고쳐도 또 고칠 게 나오고 다시 고쳐 쓰게 된다니 말이다. 문맥이 어색해 수정하고 나면 어쩐지 글의 흐름이 매끄럽지 않아 다시 수정한다. 한 편의 수필이야 말해 무엇하랴.

수필 쓰기에도 채찍이 필요하다. 의무감으로라도 쓰려고 붙잡지 않으면 수필은 써지지 않는다. 예술도 결국 감정의 표현이므로 영감이 떠오를 때 쓰기도 하지만, 그렇다고 떠오르지 않는 영감을 기다리고 있을 수만은 없다. 지혜를 끌어내고 성실하게 의지를 가지고 온 힘을 집중시켜 써야만 한다. 그러면 또 써지는 게 글이다. 글에도 리듬이 있다. 읽기가 부드럽고 막힘이 없어야 한다. 읽는 도중에 숨이 막히면 잘못된 글이다. 편하게 숨 쉬기를 하며 자연스럽게 읽혀야 한다.

조각가 로댕은 "가장 아름다운 주제는 항상 우리 주변에 있다. 그것은 우리들이 가장 잘 알고 있는 것들이다. 우리는 미친 듯이 공부했다. 마치 흥분된 짐승처럼 흡사 맹수처럼 날뛰며 공부했다."고 했다. 로댕은 최초 아틀리에로 르브랑가에 있는 부엌 한 칸을 1년에 120프랑(약 100만 원)을 주고 빌렸다. "실내가 제법 밝긴 했지만 내가 만든 점토를 자연과 비교하기 위해 몇 걸음 뒤로 물러나 바라볼 수 있는 공간이어서 다행이었다. 뒤로 조금 물러나 작품을 바라보는 것은 나에게 절대적으로 필요한 원칙이었다. 그곳은 늘 바람이 들이닥쳤다. 사시사철 바람소리가 들려왔다. 특히 겨울에는 얼음 속에 들어앉아 있는 것만 같았다. 가끔씩 그때 생각을 해 보지만 내가 어떻게 그 고생을 견뎌냈는지 나 스스로도 이해할 수 없을 정도였다. 바로 그 아틀리에에서 「코가 일그러진 사나이」를 만들었다. 1년 동안 이 작품에 매달렸지만 석고로 찍을 돈이 없어 부서지고 말았다."고 술회했다.

예술이란 무엇이거나 끈기와 집념이다. 조각이 만들고 부수고 다시 만드는 과정의 반복 끝에 좋은 작품이 나오듯 수필 쓰기도 다름 아니다. 부단不斷히 보다 좋은 원석을 찾아내는 일과 그 원석을 갈아 보석으로 완성해 내는 과정과 같다.

월간지 편집장으로부터 원고 청탁이 온다. 유명 월간문학지일수록 아무 데도 발표하지 않은 참신한 원고를 요구한다. 청탁서에는 반드시 원고 마감일이 적혀있고, 주제는 자유라지만 원고지 13매 또는 15매 이내라고 못박아 놓았다. 컴퓨터 한글 쓰기에서 글자 크기 11p로 2페이지 정도가 되는 분량이다. 너무 짧아서도 안 되고 초과해서도 안 된다. 원고 청탁을 받을 정도의 중견작가는 어쨌든 글을 써 내고야 만다. 주제가 둘이어도 안 되고 한 가지 주제로 시종일관 처음부터 끝까지 이야기를 끌어가야 한다. 무엇보다도 중요한 것은 일상적인 신변잡기일망정 내용이 참신하고 독자에게 울림을 주는 글이라야 한다. 그러나 되도록 신변잡기는 피하는 쪽이다.

대중을 위해 글을 써낼 수준이면 자랑거리임에 틀림없다. 그만큼 글쓰기는 어려운 관문이다. 어떤 환경에서도 청탁요청에 걸맞은 글을 써낼 수 있어 작가이다.

2022. 1. 15.

예카테리나

나의 버킷리스트

자정을 훨씬 넘어 블라디보스토크를 떠난 기차는 4,000여km 떨어진 목적지 이르쿠츠크를 향해 달리기 시작했다. 2월 초 출발지 날씨는 영상이지만 도착지 바이칼은 영하 35도. 시베리아의 참혹한 추위를 몸소 경험하게 되겠구나 생각하니 겁이 났다.

시속 60km 남짓 느릿한 속도로 달리는 열차는 스무 개 차량이 연결되어 있다. 한 량에 열두 개 정도의 방이 있고 방마다 침대가 놓여있다. 바닥에서 사람가슴 높이에 2층 침대가 있어 아래위 두 개씩 네 개 딸린 침대칸에 두 사람씩 배정되었다. 위쪽에 큰 가방을 올리고 나니 아래쪽 침대가 여유롭다. 침대와 침대 사이 바닥엔 자그만 탁자가 놓여 있어 마주 보며 차를 마실 수가 있다. 탁자 옆으로 넓게 트인 유리창은 이중창이어서 서리하나 없이 바깥 풍경이 고스란히 들어온다. 속옷 차림에도 추위를 느낄 수 없도록 따뜻하다. 객차는 한쪽에 사람 하나 다닐 만큼의 좁은 복도 끝에 온수탱크가 있어 뜨거운 음용수가 항시 나오지만 찬물은 없다. 차량 양쪽 끄트머리에 화장실이 있고 샤워실은 따로 없다. 화장실 변기 옆에 새끼손가락 굵기의 수도꼭지가 하나 있어 고양이 세수 정도 가능하다. 식사는 식당 칸에서 하는데 식당 한쪽 작은 매장엔 술이 있으나 여객에겐 판매가 허용되지 않는다. 그러나 보안 팀의 눈을 피해 페트병에 보드카를 담아와 객실에서 마실 수 있었다. 복도에는 220V 콘센트가 있어 폰과 카메라 배터리 충전도 가능했다.

이틀 밤낮 달려도 차창 밖 풍경은 드문드문 나무 한두 그루뿐인 황량한 벌판이다. 높은 산이 없다. 황무지가 계속되다가 가끔씩 야트막한 언덕 같은 산에 쭉쭉 뻗은 낙엽송과 자작나무가 반쯤 섞인 숲이 보였다가 사라진다. 역은 몇 시간에 하나씩 보였지만, 대부분 지나쳐버리고 사람의 승하차는 어쩌다 소도시에서 몇 명씩 내리고 탈 뿐이다.

지하터널은 이틀에 한두 개 정도 만나는데 그나마 짧아 잠깐씩 보였다 사라진다. 높은 산이 없는 탓이다. 시베리아 깊숙이 기차가 들어갈수록 눈 덮인 설원과 나무숲이 펼쳐진다. 그곳 역사驛舍에는 벌목된 통나무가 무더기로 쌓여있다. 더러는 역사 한쪽에 제재소를 운영하는 곳도 있다. 제재된 목재는 화물열차에 실려 60량 화물칸이 모두 규격화된 목재로 채워져 앞뒤로 엔진을 연결하여 밀고 당기며 러시아 전국으로 실려 나간다. 화물열차는 대체로 60량 안팎의 매우 길고 긴 차량의 연속이다. 하도 길어 세어보니 72량까지 연결된 열차도 있었다. 영화 「러브 오브 시베리아」의 화면은 18세기로 아름드리 자작나무가 가도 가도 끝없이 펼쳐져 있어 벌목할 방법이 문제이던 곳이다. 그러나 지금은 나무들이 그다지 굵지도 않고 숲도 그때 같진 않았다.

우리나라가 일본의 식민지였을 때 이곳 블라디보스토크 인근 연해주는 동포들이 독립운동을 하던 곳이다. 어느 날 갑자기 동포들 17만 여명은 스탈린 소련정부에 의해 시베리아 횡단열차 화물칸에 실려 중앙아시아로 열흘 가까이 짐짝처럼 채워져 내몰려야 했다. 일본과의 전쟁에서 패한 소련 스탈린 정부가 일본과의 내통을 막는다는 게 이유였다. 한국인이 일본인과 구별이 안 되어 한 곳에 집단으로 수용하려는 수작이었다. 난방이 안 되는 열차 속에서 어린이와 노약자들은 죽은 사람이 많았다. '닥터지바고'의 영화 속 그 열차보다 더한 참혹함. 행선지도 모르고 추위와 굶주림에 시달려야 했던 대한조선 우리 백성의 나라 잃은 설움이 떠올랐다.

바로 지금 달리는 이 철길이 아무르 강변인 하바롭스크, 정치범 수용소 치타를 지나 몽골과 국경인 울란우데, 시베리아의 파리 이르쿠츠크를 거쳐 중앙아시아로 향하던 그 철길이다. 대체 시베리아는 얼마나 넓은 땅일까. 제정帝政러시아로부터 소련공산당까지 정치범 수용소로 이용되던 시베리아는 겨울이 9개월이고 여름이 불과 두 달 남짓인 동토의 땅. 우리나라 남북한 면적의 63배에 이르는 시베리아는 북극과 맞닿은 영하 30도 혹한이 계속되는 곳이다.

1825년 12월, 제정러시아 시대에 데카브리스트(12월에 혁명을 한 사람) 혁명이 실패로 끝나고 600명이 체포되어 다섯 명이 처형되고 귀족 116명이 시베리아로 유배가 된다. 왕정을 무너뜨리고 공화정을 세우기 위한 데카브리스트의 열망은 처참히 짓밟히고 이들 귀족의 시베리아 유배는 푸시킨, 톨스토이, 도스토옙스키 등 러시아 문학의 뿌리가 되었다. 11명의 부인들은 귀족의 신분을 포기하고 남편과 애인을 찾아 시베리아로 떠났는데, 30년 형기를 채우고 나서 다섯 명만이 남편과 모스크바로 돌아온다. 이 중 1821년에 결혼한 예카테리나는 남편을 찾아 맨 처음 모스크바를 떠나 유형지 치타로 향했다. 그녀 집에는 5천 권의 장서가 있던 수준 높은 귀족집안이었다. 남편에게 보낸 편지에서 "당신 없이 살 수 없어요. 당신과 함께라면 무엇이든 감내할 수 있어요. 당신과 함께라면 그 무엇도 원망하지 않아요. 미래도 나를 두렵게 하지 못해요. 세상의 모든 것을 누리턴 삶과 담담하게 이별할 거에요. 나를 기쁘게 할 수 있는 단 하나는 당신을 보고 당신과 고통을 나누고 내 인생의 모든 순간을 당신에게 바치는 것입니다."라며 남편과 헤어져 살아갈 수는 없다고 고백했다. 귀족의 신분을 모두 내려놓고 평민이 된 그녀는 마차로 한 달이나 걸려 어렵게 이르쿠츠크에 도착한다. 여행 허가는 거기까지였다. 그리하여 훨씬 더 멀리 떨어진 광산에 가 있는 남편을 만날 수 없었다. 현지 총독은 되돌아갈 것을 종용했지만 5개월을 버틴 끝에 모스크바 당국의 허가를 받아 동쪽으로 일주일을 더 달려 은광에서 중노동을 하던 남편과 상봉한다. 남편은 12kg의 쇠사슬 족쇄를 발에 차고 강제노역을 하고 있었다. 대부분의 죄수들은 족쇄를 차고 돼지나 마찬가지 인간 이하의 참혹한 환경에서 수감생활을 하고 있었다. 감방에는 여러 명의 죄수들이 함께 기거하는데 모두가 쇠사슬에 묶여 있어 구석에 하나 있는 변기를 사용할 수 없다. 그러니 앉은 자리에서 대소변을 봐야하는 짐승이나 다름없는 참상이었다. 아내들은 감방 가까운 곳 불도 땔 수 없는 방에서 머물렀는데 아침에 일어나면 문틈에 머리카락이 얼어붙어 떨어지지 않았다고 말한다.

120

이들 여인들이 죽음을 무릅쓰고 일구어낸 삶의 흔적은 이르쿠츠크 시내 데카브리스트 기념관에 남아있다. 특히 열한 명의 여인들 초상화는 보는 사람들의 마음을 떨리게 한다. 남편이 풀려나기 2년 전에 죽은 예카테리나는 끝내 모스크바로 돌아가지 못하지만 유일하게 그녀만이 대리석으로 된 무덤으로 보존되고 있다. 죽은 아내 곁에 남아 있겠다며 3년을 버티던 남편 트루베츠코이는 자식들의 교육 때문에 어쩔 수 없이 모스크바로 떠나면서 그녀의 무덤을 붙안고 피눈물을 뿌렸다 전해진다. (이정식 저 『시베리아 문학기행』 참조)

사흘 밤낮을 달려 기차는 드디어 시베리아에서 가장 큰 도시 이르쿠츠크에 도착했다. 인구 70만 명의 도시로 경관은 유럽풍 건물이 대부분이다.

336개의 지류에서 흘러 들어온 물이 모여 바이칼 호를 이루지만 출구는 단 하나 앙가라 강이다. 저 많은 물이 앙가라로만 흐르므로 유속이 워낙 빨라 영하 40도에도 강물은 얼지 않는다. 그 강을 끼고 이르쿠츠크 시가지가 있다.

이르쿠츠크 호텔에서 하룻밤 묵은 후 이튿날 아침 버스에 올랐다. 모든 자동차 전면 후드에는 바람막이 방풍벽이 두꺼운 천으로 둘러져 있다. 엔진이 조금이라도 얼지 않게 하기 위함이다. 배기통에서는 하얀 수증기가 공장 굴뚝 연기처럼 뿜어져 나온다. 영하 30도는 실감이 나지 않는데 맨손을 외부에 내놓으면 10분내에 손가락은 동태가 된다. 현지인 모두 방한복에 모자, 장갑, 털 부츠를 신었다. 남녀 불문 털모자를 쓰지 않으면 안 되는 차림이다. 이르쿠츠크에서 버스로 4시간을 달리니 드디어 목적지 바이칼이다. 바이칼호에서 공기부양선을 타고 얼음 위를 미끄러지듯 5분 정도 달려 바이칼호에서 가장 큰 알혼섬에 도착했다.

길이 636km, 최장너비 70km, 최고수심 1,637m의 바이칼호는 지구상 담수량의 20%를 차지하는 세계 최대 민물 담수호이다. 먼 옛날 다민족이 호수 주변에 살았는데 몽골족만 끈질기게 살아남아 부랴트 인으로 바이칼호 주변에서 지금도 우리와 꼭 닮은 모습으로 살아가며 그들만의 샤머니즘을 고수한다.

부랴트인은 99% 한국인과 같은 유전자이다. 그러므로 한韓민족의 시원이 바이칼이란 말은 낭설이 아니다. 여름이면 40m 깊이까지 물속이 훤히 보인다는 바이칼호의 물빛을 보지 못해 아쉽다. 50cm 두께의 얼음을 기계로 뚫어 물을 떠 마신다. 물맛이 너무 시원하고 깔끔하다. 미래에 러시아는 바이칼 호 물만 팔아도 부국이 되겠구나싶다. 이곳의 모든 자동차는 스노우타이어 장착이 필수다. 길이란 길, 비포장이든 아니든 호수와 강, 땅이란 땅은 모두 얼어있다.

이런 통토의 땅에도 사람이 살아간다. 우리들이 여장을 푼 알혼섬에서 우아직이라 불리는 SUV 승합차를 타고 얼음 위를 30분을 달려 하보이 곶, 사자머리바위 등에서 내렸다. 기념촬영을 하고, 빙판 위에서 불을 지펴 커피도 타 마셨다. 영하 20에서 40도를 오르내리는 바이칼호는 내가 이제껏 볼 수 없었던 기묘한 얼음형상의 보고였다. 여섯 대의 우아직 차량에 나누어 탄 일행들이 모두 숙소로 돌아간 뒤 우먼센스 이정식 사장과 둘만 남아 바이칼의 일몰을 바라보았다.

얼음 위를 3km 가량을 걸어갔다 다시 돌아오며 기묘한 얼음형상과 끝없이 펼쳐진 겨울 바이칼호의 풍경을 촬영했다. 내 버킷리스트 중 오랜 숙원이던 꿈의 호수 바이칼. 5분만 서 있어도 발이 얼어버리는 얼음 위에서 추위도 잊은 채 계속 걸었다. 걷는 동안은 발이 시린 줄을 모른다. 손발이 10분만 노출되면 바로 동상에 걸리는, 상상조차 하지 못한 혹한 속에서 나는 기고만장이다.

사진가로 살면서 오래전부터 손꼽았던 바이칼을 돌아보며 행복했다.

2019. 3.

라다크

인천국제공항에서 비행기에 올라 여덟 시간 반을 날아 콜카타 국제공항에 착륙했다. 콜카타 시가지는 숨 막힐 듯한 삶의 터전이었다. 오가는 사람들, 자동차와 자전거, 오토바이를 개조해 세 바퀴로 달리는 3인용 택시 릭샤, 세발자전거 뒤에 2인용 좌석을 만들어 페달을 밟고, 사람이 끄는 인력거 등 도시는 그야말로 다양하고 처절한 삶의 현장이었다.

인도국내선 비행기로 갈아타고 다시 두 시간을 더 날아 목적지인 라다크의 수도 레Leh에 도착한 것은 2011년 8월 중순이었다. 라다크는 남한(100,427km²) 보다 약간 작은(86,904km²) 면적이지만 나라 전체인구가 4만 5천여 명에 불과하다. 그나마 수도인 레에 3만 5천명이 몰려 있고 나머지 1만여 명은 뿔뿔이 흩어져 산다. 히말라야 산맥에 위치한 고산지대로 나세르 캉리(7,672m), 마모스통 캉리(7,526m) 등 7,000m급 고봉들도 여럿이다. 수도인 레 역시 해발 3,524m에 위치하여 인도에서 가장 추운 지역으로 꼽힌다. 때문에 여행객은 아무라도 매일 아침 고산증 치료제인 비아그라 100㎎ 한 알씩 먹어야만 했다. 레의 1월 평균기온이 −8.2℃로 모스크바보다 낮다. 인도 역사상 최저기온도 1911년 레 주변지역인 드라스Dras에서 −52℃를 기록한 적이 있었다. 본래 이 지역은 10세기 무렵 티베트에서 분리되어 라다크 왕국이 되었지만 시크 왕국에 정복되어 잠무카슈미르의 영지

라다크 여인

가 되어 인도영토로 편입되었다.

그동안 외부세계에 전혀 알려지지 않았던 닫혀진 국가였다가 1974년 처음으로 외부사람들에게 문을 열기 시작한 라다크는 티베트문화와 풍속이 그대로 남아 있어 작은 티베트로 불리기도 한다.

우리 일행 16명은 사륜구동 자동차 6대에 나눠 타고 현지 운전기사를 채용하여 열하루 동안 5천여km를 달렸다. 길이 워낙 비포장험로에다 깎아지른 벼랑길도 많아 더러는 산사태로 길이 막혀 차량행렬이 수백 미터에 이르도록 몇 시간이고 기다려야 했음에도 차에서 내려 서성이면서 어느 누구 불평하는 사람이 없었다. 날마다 새롭게 보여주는 기묘한 자연의 순수함에 눈이 시려 넋이 나갈 지경이었다.

우리는 촬영이 목적인 사진가들인데, 세 명의 여성분은 순전히 관광을 목적으로 카메라도 없이 우리와 일정을 같이 했다. 일행 중에 최고령 73세 한 분은 걱정 되었지만 잘 극복했다. 길은 더 높은 곳으로 달리다 길 끝나는 곳이면 사찰이 존재하고 다시 되돌아 나와 다른 사찰로 이어졌다. 나무 한 그루 없는 바위 산언덕에도 사찰은 천 년의 문화를 지니고 있었다. 고찰古刹주변에는 금속수공예품이 정교하고 아름답게 좌판에 놓여 있어 여행객의 발길을 붙잡기도 했다.

그렇게 자동차가 닿을 수 있는 지구상 최고높이 해발 5,602m 카르동라 고개까지 올랐는데 눈과 얼음이 사람 키 높이로 쌓여 있었다. 우리는 초모리리 호수 인근 해발 4,200m에서 여장을 풀고 텐트천막에서 1박 하는 동안 여성 세 분은 안타깝게도 고산병이 스며들어 수도 레로 되돌아가야만 했다. 고산병은 성인병과 달리 젊다고 비켜가는 증세가 아니었다. 성인병을 달고 사는 나는 고산병이 오지 않았는데 천행이라는 생각이다.

동물들은 야생당나귀와 사슴 토끼 모르모트 등등 가지 수도 많지만 희

귀한 것은 바로 눈표범이라 했다. 해발 6,000m에서 생활하는 이 동물은 다행히도 야생산양 때문에 먹이활동에 지장이 없다. 가축용 양과 야크는 이곳 사람들의 절대적 자산이다. 야크는 우리나라 중간 소에도 못 미치게 키도 작고 몸길이도 짧다. 몸 전체 새까만 긴 털로 덮였는데 일반 소보다 폐 모양이 두 배나 커 산소가 희박한 고산에서 잘 적응한다. 털가죽은 옷감과 천막용으로 고기와 우유는 식량으로, 배설물은 땔감으로 버리는 게 없다. 과거에는 야생야크가 많았고 덩치도 1톤이 넘었지만 요즘은 보기 드물다. 대부분 가축용이다. 사람들에게 길들여진 야크는 체중이 야생야크의 반 정도인데 전국에 분포되어 있다. 도시를 제외한 곳은 농·목축업으로 양을 벌판에 풀어놓고 기르고 있다. 손가락 한 마디도 안 되는 작은 풀을 뜯는 양들은 여름 두 달은 고산지역에서 생활한다. 백 마리가 못 되는 양을 몰고 이동하며 다니다가 밤이면 천막집 부근에 돌을 쌓아 울타리를 만들어 놓은 우리로 되돌아온다. 양젖은 필수적인 단백질 공급원이다.

해발이 낮은 곳 사람들이 모여 사는 동네라야 너덧 가구인데 더러 수백 년 된 미루나무도 있다. 그런 곳은 빙하 녹은 물이 개울로 흐르고, 쭉쭉 뻗은 미루나무가 많다. 개울물은 식수로, 식기도 세척하고 동물도 마시는 생활용수다. 작은 터를 일구어 유채를 재배한다. 농지에는 유채와 밀, 보리가 서로 반반쯤 섞여 있다. 텃밭에는 야채도 가꾼다. 긴 자루가 달린 삽으로 좁고 얕은 물길을 다듬는다. 그러다 가축용으로 제법 키가 큰 풀을 뜯기도 한다. 그런데 어쩌면 사람들의 눈빛이 그토록 순수할까. 눈이 마주치면 언제나 저들이 먼저 인사를 한다. 코딱지가 말라붙고 때가 덕지덕지 앉은 아이들은 수줍은 몸짓에다 여행객을 신비한 눈빛으로 바라본다. 저들은 무슨 낙으로 사느냐 싶도록 너무나 궁핍하고 행색이 처량한데 눈빛은 반짝반짝 선량하고 착함이 코딱지와 때를 덮어버리고도 남는다.

남자들이 보기 드문 그곳은 아낙들이 농사짓고 젖 짜고 살림도 한다. 집들이 모여 있어도 화장실은 도무지 찾아보기 어렵다. 우리 어렸을 적엔 뒷간에 짚북데기라도 있었지만 여기는 돌과 흙뿐이다. 집이라야 돌 사이 흙을 약간 섞어 네모지게 쌓아올려 지붕도 없다. 난방은 될 리가 없다. 비가 오지 않으니 지붕은 필요 없는 거다. 더러 작은 창이 하나씩 달린 자그마한 집이지만 여닫이가 아니어서 빛을 받아들이고 외부를 내다보는 관측용이다. 아직도 차마 잊지 못하는 것은 늘 해맑은 웃음으로 보는 이마다 줄레~ 줄레~(안녕하세요!) 인사하던 아낙들의 그 천진스런 눈빛이다.

시간을 우리나라 1950년대 이전으로 돌려놓은 것 같은 라다크. 이 시대 아직도 이토록 순수한 환경이 보존되어 있다니, 라다크 여행은 충격과 회한의 장이었다. 점차 불어나는 관광객으로 인해 복잡하고 혼란한 문명에 물들지 않을까. 부디 야생 그대로의 모습으로 저들의 심성이 변함없기를 바라는 마음 간절하다.

127

2021. 4.

화본역 공사중

아름다운 기차역

우리나라에 철도가 처음 생긴 것은 1899년에 만들어진 경인선이다. 15년 뒤인 1914년에 경부선이 개통되었는데 당시만 해도 최고시속 70km로 서울에서 부산까지 11시간이나 걸렸다. 그래도 발로 걷거나 달구지에 의지하던 것에 비하면 천지 개벽이나 같았다. 달구지 아니면 말을 타고 달리기가 가장 빠른 이동 수단이던 때 기차는 기상천외한 괴물이었다. 기차의 출현은 농경시대에서 산업사회로 진입하는 결정적 발명품으로 대량물류 수송의 첫발을 디딘 그야말로 교통수단에 엄청난 변화를 가져온 사건이었다.

1950년대 후반 면소재지에서 도시로 나가는 버스는 하루 한두 차례가 고작이었다. 내 고향 영천시 신녕면에서 대구로 나가는 버스도 하루 한 번뿐이었다. 읍 소재지 영천으로 가는 버스는 두세 차례 있었지만 신작로가 비포장이었으므로 하도 먼지를 많이 일으켜 버스 타기는 결코 낭만적이지 못했다. 기찻길도 노선이 적어 평생 기차 구경 못해보는 사람이 훨씬 많았다. 다행히도 신녕에서는 중앙선 열차가 하루에 서너 차례 정기적으로 오가는 걸 볼 수 있었다.

기차는 새까만 색깔의 증기기관차였는데 기관사가 조종하는 맨 앞부분이 동그란 모양으로 한가운데 '미카○○○○'이란 숫자가 박혔고 시커먼 몸체가 괴물처럼 크고 엄청났다. 기관사가 있던 엔진 부분은 객차나 화물칸보다 더 높았고 바퀴 축이 사람 키만 한 아주 넓고 큰 네 개의 바퀴는 굵은 쇠막대기로 연결되어 위아래로 바퀴의 가장자리를 따라 돌며 움직였다. 바퀴의 움직임 따라 거대한 쇳덩어리는 서서히 움직였다. 기차가 출발할 때면 바퀴 사이로 쐐에쐐에 요란한 굉음을 내며 많은 증기를 피웠는데 하늘로는 연기, 땅으로는 증기를 발산했다. 기관실 바로 옆 칸은 불을 지피던 불 지킴이가 있었는데 불이 타오르는 아궁이로 잠시도 쉴 새 없이 석탄덩어리를 삽으로 퍼 넣었다. 불 지킴이는 기관사만큼이나 기차가 움직이는 데 없어서는 안 될 중요한 직책으로 불이 꺼지지 않도록 석탄을 공급하는 일을 게을리 할 수가 없다. 석탄가루가 눌어붙어 반질반질 윤이 나는 모자 앞창을 이마 위로 젖히고 목에 두른 수건으로 연신 얼굴의 땀을 닦았다.

중앙선 시발역 청량리에서 부산까지 가는 길에는 여섯 군데 역에 물탱크가 있었는데 기차는 어느 곳에선가 반드시 물을 공급받아야 했다. 우리 마을에서 상행선 다음 역인 화본역에도 물탱크가 있었다. 물이 끓어 증기의 힘으로 달리는 기차는 엔진 부분에 물을 끓이는 화로가 있고 연료로 석탄을 피워 시커먼 연기는 쉴 새 없이 뿜어져 나왔다. 기차가 역 플랫폼에 가까워지면 어김없이 그 특유의 쇳소리로 기적을 울려댔는데 꽤액꽥 돼지 멱따는 소리와 흡사했다. 왜냐하면 철로 건널목에는 아이들이 철로에 귀를 대고 엎드려 몇 킬로미터 밖에서 달려오는 바퀴소리를 듣는 아이들을 빨리 비키라고 내뿜던 경고음이었다. 아이들은 선로 위에 총알 껍데기나 대못을 올리기도 하고 선로에 귀를 대고 따각따각 선로와 선로의 이음새를 통과하는 바퀴 소리를 들으며 저만치 기차가 보일 때까지 일어날 줄 몰랐다.

탈것에 대한 호기심은 옛날이나 지금이나 마찬가지지만 당시는 우마차도 부잣집용이었고 면 소재지 통틀어 자동차는커녕 자전거도 한두 대뿐이었다. 자전거 바퀴가 커서 안장이 내 가슴께였는데 부잣집 물건이라 만져보는 것조차 조마조마했다. 그래 생각한 것이 기차였는데 차표 살 돈이 없으니 훔쳐 타보는 거였다. 플랫폼을 천천히 벗어나던 기차는 100m쯤 미끄러져 갔어도 속도가 붙지 않아 기차를 따라 달리며 난간을 잡고 뛰어오르기가 쉬웠다.

그러나 내릴 때가 문제였다. 차표를 회수하던 역무원에게 붙잡히지 않기 위해 플랫폼에 닿기 50m쯤 전방에서 뛰어내려야 했다. 그래야 측백나무 울타리를 지나 역사를 벗어날 수 있었다. 바구니에 엿이나 과일, 삶은 계란 등을 담아 객차 안에서 팔던 아이들은 언제나 무임승차였다. 그 아이들은 열차에서 뛰어내리기 선수였는데 시속 30km에도 거뜬히 착지하는 기술을 지녔었다. 오른팔로 난간을 잡고 오른발을 땅에 붙여 발 앞꿈치를 들고 뒤꿈치를 자갈에 지긋이 꽂아 고랑을 내며 몇 미터 끌려가다 뛰어내렸다. 열차 칸마다 여기저기서 다섯 명 정도 동시에 내렸다. 한 손에 바구니를 들고서도 넘어지지 않고 사뿐사뿐 잘도 내렸다.

나도 그 기술을 따라 배워 상행선 한 구간 훔쳐 타기를 했다. 선로가 단선이어서 다행히도 다음 역은 언제나 교행하던 열차가 정차해 있었다. 내리자마자 기다리던 열차를 바꿔 타고 바로 돌아왔다. 그러다 욕심을 부려 두 개 역을 넘보았는데 그곳은 교행하는 열차가 없어 몇 시간이고 다음 열차가 오기까지 하염없이 기다리다 밤중에 집으로 돌아와야 했다. 그럴 때면 배가 고파 밭에 심어놓은 무를 뽑아 이빨로 껍질을 벗기고 씹어 먹기도 했다. 구간에 짧은 터널이 하나 있었는데 객실 안에 있으면 다행이지만 멋모르고 객실 밖 난간에 있다 보면 기차가 터널을 통과하고 나면 얼굴이 검댕이 묻어 까맣게 되었다. 그래도 우리는 그렇게 오가며 탈수 있던 기차가 너무 고마워 때때로 이용했다. 객차 안에 검표원이 없어 플랫 홈에 도착하기 전에 내려버리면 그만이라 훔쳐 타기는 문제도 아니었다. 탈것에 맛 들인 우리에게 기차는 오랫동안 놀이공간이 되었다.

청량리를 출발하여 경주나 부산이 종착역이던 중앙선 완행열차는 양평 영주 안동 영천 경주를 연결하면서 우리나라 내륙 산간을 관통하는 서민들의 중요한 교통수단이었다. 거기 화본역은 우리나라에서 '가장 아름다운 기차역'으로 선정된 곳이기도 하다. 신녕에서 안동까지 상행선 8개역 봉임 화본 우보 탐리 의성 단촌 무릉 안동역과 하행선 화산 영천 건천 경주 임포 아화 삼랑진 모량 초량 부산진 부산역까지 11개 역을 순차로 외는 것도 재미였다. 지금은 간이역으로 변해 없어진 역도 많을 것이다. 영천에서 기차를 바꿔 타고 대구에 가면 경부선 열차를 탈 수 있었다. 기차를 타면 어디엔가 꿈에 그리던 피안의 땅에 닿을 것만 같아 선망의 대상이었다.

프랑스에서 벨기에를 거쳐 네덜란드까지 달리는 고속열차 탈리스가 정차하는 곳에는 세계에서 가장 아름다운 기차역이 있다. 1895년부터 10년에 걸쳐 완공된 벨기에의 '엔트워프' 역이다. 이 역은 1백여 년 전 옛 모습 그대로 지금도 고풍스런 멋을 한껏 풍긴다.

우리나라 군산 경암동 기찻길도 동네를 관통하는 선로로 한 때 유명했었다. 기차가 지나고 나면 철로에 고추나 곡식을 말리거나 더러 탁자를 펴 놓고 소주나 막걸리를 주거니 받거니 정분도 나누던 곳이다. 레일 양옆으로 빼곡한 집들은 대부분 흙벽으로 만들어져 70년대 서민들의 애환이 고스란히 묻어났다. 2008년까지 20여 년을 하루 두 번씩 다녔던 기차는 과거 속에 묻혀버렸다. 기차는 멈춰 버렸는데 빠져나오지 못한 몇몇 가구는 그로부터 육칠년 더 버텨내다 떠나버리고, 철길을 사이에 두고 살던 사람이 떠난 철길은 황량한 바람만 불 뿐 아득하고 쓸쓸하다.

서울 구로구 항동에도 동네를 관통하는 기찻길로 몇 년 전까지도 기차가 다녔다. 그 길을 따라 걸으면 개망초꽃이 듬성듬성 피어 있어 운치를 더했는데, 지금은 아파트가 들어서고 수목원으로 바뀌었다. 그나마 남아 있는 철길은 잡초로 뒤덮여 흔적뿐이다.

망초亡草꽃은 사실 억울한 이름이다. 우리나라 최초이던 경인선 철로 변에 처음으로 피어나기 시작한 망초는 일제식민지 시대 일본인들이 처음으로 철도를 건설하여 퍼뜨렸기로 망초라 이름 했다. 그러나 미국에서 수입된 철로침목에 씨앗이 숨어들어 사실은 미국풀꽃이다. 국민의 분노는 점점 더해 나중에는 개망초로 덧씌워 '개 같은 망할 놈의 풀'이라 혹평했다. 꽃씨가 바람에 날려 번식력이 걷잡을 수 없어 농사에 지장만 주어서다.

이제는 우리나라 대부분의 구릉지와 언덕을 점령한 낯익은 하얀 꽃 개망초는 꽃잎의 크기가 중지손톱만 해 앙증스럽다. 망할 망(亡)자를 지우고 잊을 망(忘)자로 개명하여, 잊히지 않는 풀꽃인 불망초不忘草라 고쳤으면 좋겠다. 듬성듬성 핀 것도 예쁘지만 무리지어 어우러진 그 꽃길 사이, 창 넓은 모자를 눌러 쓴 여인이 걸어가기라도 하면 애잔하고 청순하여 당장이라도 말을 걸고 싶도록 정감어린 풀꽃이다.

2017. 6. 20.

133

시인과 술

망초꽃과 여인

이 또한 지나가리라

코로나로 휩싸인 올해 봄은 예년과 달리 꽃을 보지 못했다. 보통은 3, 4월 봄꽃이 다투어 피다 장미가 여왕처럼 뒤늦게 얼굴을 내밀면 곧장 6월이다.

해마다 5월 하순이면 올림픽공원 서남단에 무리 지어 핀 장미군락지를 찾는다. 주로 햇살이 고운 날 아침 100밀리 매크로렌즈 하나만 들고 삼각대를 준비한다. 그림자가 좋은 오전 10시 이전에 촬영을 끝내기 위해 8시쯤 현장에 도착한다. 꽃을 촬영하기 위해서 삼각대는 필수품인데 보다 질감이 섬세하고 디테일한 꽃잎을 담아내기 위해서이다.

5월 초순 고창 학원농장 청보리밭은 빼놓을 수 없는 촬영 포인트다. 바람이라도 좀 강하게 불면 넘실대는 보리가 파도처럼 일렁이는 다양한 흔들림을 표현할 수 있다. 언덕배기 온통 끝 간 데 없이 펼쳐진 보리밭은 학원농장을 제외하고 우리나라에선 보기가 어렵다. 넘실대는 수만 평 푸른 물결은 바라보는 것만으로도 마음이 뻥 뚫린다. 우리나라에서는 유일한 대단지 보리농원이다. 오뉴월에 걸쳐 보리나 감자, 논 마늘이 수확되고 모내기도 끝난다. 그런데 올봄은 전부 포기하고 살았다.

이맘때면 개구리 울음소리에 귀가 따가웠는데 그도 옛말이다. 또 언덕배기 밀이 익어갈 무렵이면 밀서리하던 기억도 웃음지다. 동물들은 떠나도 사람은 땅을 버릴 수 없어 살아가야만 하는데, 올해는 신종 전염병으로 촬영을 엄두도 못 내고 집안에 갇혀 지낸다.

지난 1월 코로나19라는 신종 바이러스가 중국 우한武漢시에서 최초로 발생하여 세상이 온통 아수라장이다. 우리나라도 2월부터 환자가 생기기 시작하여 지금은 1만6천여 명이 감염되었고 사망자가 400명에 이른다. 전 세계 170여 개국 수백만 명이 투병 중이고 수십만 명이 죽었다. 아이들은 학교 가기를 미루고 미루다 더는 어쩔 수 없어 마스크 쓰기와 희한한 거리두기를 병행 등교하지만 아슬아슬하다. 이 바이러스는 입으로 전염시키는데 환자의 침이 튀어 다른 사람이 흡입하면 감염된다. 사람 간 마스크 없이 감염자와 1m 거리에 있으면 100% 감염된다고 한다. 서로 말을 하면 공기 중에 떠있는 균이 상대의 입으로 들어가게 된다는 거다. 미세한 침 분말이 환자로부터 날아와 감염시키는 거리가 최대 1.5m라고 한다. 그래서 사람 간 2m 거리두기가 안전한 예방법이라 홍보하지만 쌍방이 마스크를 써도 가까이 붙어있으면 안심할 수 없다고 한다.

다수가 모이는 장소는 거의 폐쇄되었고 운동경기장, 극장, 공연장은 물론이고 식당도 손님이 뚝 끊겼다. 하루 발병환자 200명에 육박하니 거리에 자동차도 확연히 줄었다. 당장 먹고 살기가 문제다. 지난 5월 정부재난지원금으로 60만 원을 받고 서울시 지원금 30만 원도 받았다. 자영업자 운영자금도 70만원씩 두 차례에 걸쳐 받았다. 그래봐야 가물에 빗방울처럼 잠시 잠깐 기분 해소에 그쳤다. 한 달이 지나자 재난지원금은 받으나마나다.

끝을 알 수 없는 재앙은 계속이고 바이러스의 세력은 점점 더 커질 전망이다. 정부에서는 2차 재난지원금을 만지작거린다. 정부 지원 없이 서민들이 살아낼 방법도 없다. 집세와 인건비, 전기세 등 관리비는 매달 꼬박꼬박 빚으로 나간다. 어찌해야 좋을지 방법도 없이 오늘도 빈 가게에서 오지 않는 손님만 기다리는 자영업자가 전국에 수백 만 명이다. 빚만 늘어가는 자영업자들은 당장 점포 문을 닫을 수도 없는 이 형편을 어찌하랴.

'이 또한 지나가리라'던 윌슨 스미스의 말이 절절하다.

2020. 8. 23.

능소화

소소한 약속

어느 회사 입사 면접 일에 불가피한 사정으로 못 가게 되겠다고 사전 연락을 했다. 그런데 며칠 뒤 입사 합격통지서를 받았다. 면접도 보지 않았는데 입사라니 이해가 되지 않았다. 회사에 확인전화를 해 봤더니 면접관 대답은 이랬다. 이제껏 면접을 수없이 봐 왔지만, 면접을 볼 수 없다는 통지를 해 온 사람을 보지 못했다는 거다. 그냥 아무 말 없이 불참할 뿐, 못 가게 된 사정을 통지하는 사람은 없었다는 말이다. 어차피 입사도 못할 형편인데 굳이 못 간다는 입장을 알릴 필요가 없는 게 맞는가. 입사를 지원한 사람으로서 대부분 그런 생각을 한다는 말은 자기에게 도움 되지 않은 일은 애써 하지 않아도 그만이라는 생각이다. 하지만 회사 입장에서는 참석예정자의 불참으로 인해 인력배치나 예정된 일정에 차질이 생겨 진행상 문제가 발생할 수도 있을 것이다. 면접관 심중엔 이런 소소한 약속을 지켜내는 젊은이는 분명히 주어진 업무를 책임 있게 잘할 것이란 신뢰성에 방점을 찍었다는 말이다.

국제선 비행기를 타기 위해 이륙시간보다 두 시간 이상 미리 여객터미널에 도착해야 하는 건 상식이다. 만약 이륙시간 10분 전에 도착해서 비행기를 탑승하겠다고 우기면 그건 불가능한 일이겠다. 국제선 비행기에 탑승객과 함께 실리게 되는 화물은 400kg 정도의 규격화된 사각덩어리로 단단히 포장해 지게차에 실려 한 번에 비행기에 싣고 내려진다. 이 모든 과정은 기계처럼 자동화되어 있다. 개별적인 화물수송이 안 되는 이유다. 비행기는 승객화물을 먼저 싣고 난 뒤에 탑승객이 좌석에 제대로 앉았는지 확인한다. 그리고 탑승장에서 500m 이상의 거리를 이동하여 출발선에 당도해서도 곧바로 이륙하는 경우는 드물다. 때에 따라 5분 이상 기다렸다 관제소의 이륙허가 신호가 떨어져야 이륙을 시도한다. 비행기의 최대 위험은 이륙과 착륙이다. 관제소는 하늘길에 수시로 이착륙하는 비행 항로를 빈틈없이 확인하고 조정하는 곳이다. 때문에 비행기가 이륙시간을 분초 다툼으로 정확히 지켜낼 수는 없는 노릇이다. 그러나 시외여객버스나 열차 또는 출항 여객선은 출발시간이 거의 정확하다. 승객이 열차나 버스의 출발시간 1분 전에라도 탑승만 하면 목적지에 가는 건 별 문제없다. 이 모두는 사회통념상 서로 간에 주어진 약속이며 관행이다.

142   우리나라 자영업자는 2019년 말 통계 총 540만 명 정도다. 이 중 3분의 2가 넘는 380만 명이 종업원 없는 1인 단독 사업자다. 1인 사업자는 사무실을 지키지 못할 때가 가끔 있다. 특수재료를 구입하거나 배달을 간다거나 병원진료 등 사정으로 부득이 가게 문을 닫아야 하는 경우다. 하필 그때 찾아온 손님은 헛걸음치게 되어 못내 섭섭할 것은 틀림없겠다. 때문에 자영업자는 간판을 내건 이상 공휴일이 아닌 지정된 업무시간은 가능한 한 자리를 지켜야 하는 것이 사회에 대한 무언의 약속이며 의무라 하는 말은 맞다. 하지만 사실 그 의무를 지켜내는 자영업자는 그리 많지 않다.

    손님과 업자 간의 아주 빈번한 거래 관행을 한 번 들여다보자. 어느 업소에 손님으로부터 전화가 와서 제작할 물건이 있다며 내일 방문하겠다고 했다면, 업소 주인은 손님과의 약속이기 때문에 이튿날 하루 종일 손님을 기다릴 것이다. 이런 약속을 받고도 가게를 비우는 업주는 정신 나간 사람이 아니고는 있을 수 없는 일이다. 그런데 손님이 아무런 통보도 없이 오겠다는 약속을 지키지 않았다면 분명히 약속 불이행이고 잘못이다. 손님은 약속을 했지만 지키지 못할 사정이 생길 수도 있다. 그럴 때 전화로 "어제 약속한 사람인데 오늘 못 가게 되었네요. 죄송합니다."라고 미리 통지해 준다면 업소 주인은 이윤과 상관없이 오히려 고마운 마음으로 손님의 예의 바름에 종일 기분이 좋을 것이다. 그렇지만 사회현실은 이런 약속과 책임에 대한 무관심이 비일비재하니 어쩌겠는가.

　회사 면접시험에 면접을 보지 않고도 입사를 확정한 면접관이 직원채용에서 남다른 가치관을 적용한 것은 의외의 낯선 관행이다. 그럼에도 나는 면접관의 특별난 선정관점에 박수를 보내주고 싶다. 코로나가 2년 가까이 계속되어온 2021년 하순 현재 자영업자들은 매일같이 1천 곳 이상 폐업을 한다. 예년의 세 배 수준이다. 우리는 때때로 소소한 약속을 놓치는 실수를 한다. 각자의 자리에서 하찮은 약속이라도 지켜주는 것이 슬기로운 사회다.

　우리나라 국가 경제는 GNP 3만 달러를 넘어 세계 경제대국 G7에 육박하고 있다. 선진국의 함의는 단순히 경제 수준만을 따지는 건 아닐 것이다. 시민의식이나 문화수준이 그에 걸맞아야 하리라는 생각을 해 본다.

보리밭에 부는 바람

신발 절도범

신발이라고 처음 신어 본 것이 검정고무신이다. 초등학교 졸업 때까지 운동화를 신어 본 적이 한 번도 없었다. 졸업하고 나서도 운동화를 건너 뛰어 발목 위까지 끈으로 조여 매는 농구화를 신고 열세 살부터 산에 나무하러 다녔다.

그 당시 운동화는 내게 사치품이었다. 값도 고무신보다 몇 배나 비싼데다 수명이 짧다고 사 주질 않았다. 검정운동화를 볼 때마다 부러운 마음만 가득했다. 새 고무신을 신으면 늘 뒤꿈치 살이 벗겨져 피가 나곤 했다. 그래도 새것일 때는 신발 밑바닥의 돌기가 닳을까 봐 아까워서 신을 손에 들고 맨발로 다닌 적이 많았다. 신발 밑창이 닳아 구멍이 나고 옆구리가 터지면 검정 실로 꿰매어 신으며 도시에 나간 큰 형님이 돌아 올 때를 손꼽아 기다렸다.

명절 때마다 큰형님의 새 고무신은 내게 가장 큰 선물이었다. 생각해 보면 검정고무신은 발을 온전히 지켜 준 참 고마운 물건이었다. 자갈밭을 뛰어다닐 때면 신발 없이 불가능했다. 풀숲을 걷다 가시에 찔리거나 뱀을 밟았을 때도 발을 보호해 준다. 냇가에서 새끼붕어를 잡아 고무신에 물과 함께 담아 맨발로 집으로 가져와 우물 속에 집어넣었던 일은 가장 생생한 기억이다. 붕어는 깊은 우물 속에서도 내가 넣어주는 보리밥풀을 먹고 몇 년 지나 손바닥 크기로 자랐다. 형님 손에 이끌려 대구로 나가 공장에 취직하여 처음으로 운동화를 사 신었을 그때의 기쁨은 잊을 수가 없다. 부드러운 착용감이며 편하기가 고무신에 비할 바가 아니었다.

구두를 처음 신어본 것은 이십 대 중반이었는데 당시는 청소년이 구두를 신고 다니는 것이 금기시 되어 단지 어른이 되었구나 싶은 느낌 외엔 별다른 감흥이 생기진 않았다. 구두도 새것일 때는 고무신과 마찬가지로 발뒤꿈치가 아프고 운동화에 비해 딱딱하고 불편했다.

동서양을 막론하고 신발은 발을 보호하기 위한 보호대 역할로 만들어졌지만, 차츰 그 목적과는 달리 사람의 신분을 가늠하게까지 된다. 고구려 고분 사신총과 쌍용총 벽화에는 고급 관리들이 말을 타기에 편하도록 목이 붙어있는 신발의 형태가 보인다. 신라 시대에도 신분에 따라 신발 착용에 대한 규제가 있었는데, 관리들은 등급에 따라 가죽신의 색깔을 달리했다는 기록도 있다. 또한 고려사에는 성종이 '백관은 입조할 때 말화抹靴나 사화絲鞋, 초리草履를 신도록 하고 서민들은 중국으로부터 수입한 신발의 사용을 자제해 주기 바란다.'란 기록도 전해진다. 조선 시대만 해도 양반들은 가죽신에 여러 문양을 만들어 넣어 신분을 나타냈고, 돈푼이나 있는 상민들도 흉내를 낸답시고 비슷한 문양을 넣은 가죽신을 신고 다녔다. 그 꼴이 보기 싫은 양반들은 가죽원단이 상민들에게 거래되지 않도록 철저히 감시하기도 했다. 신발은 이렇듯 예로부터 신분 계급을 나타내는 상징물이었다. 오늘 날도 마찬가지다. 신발은 발을 보호하기 위한 수단에서 벗어나 장식과 치장을 위한 목적으로 더 선호한다. 사계절이 분명한 우리나라는 신발의 종류도 다양하다.

구두 세 컬레로 삼십 년을 버텼다는 현대그룹 정주영 왕 회장 얘기는 절약과 검소함의 표본으로 새겨들어야겠지만, 생각해 보면 지극히 평범한 나도 그러질 못했다. 요즘은 개인당 구두 너덧 켤레는 다 있는 세상이다. 계절 따라 옷이 달라지고 옷에 따라 신발도 바꿔 신는다. 필리핀 마르코스 대통령이 21년 독재정치 끝에 국민의 심판을 받은 후 대통령을 사임하고 미국으로 망명했는데, 아내이던 이멜다 여사는 미국으로 망명할 때 3천 켤레의 고급구두를 두고 떠나 세계인들의 이목을 끌기도 했다. 이멜다 여사는 구두뿐만이 아니라 사치의 대명사로도 불렸다.

  최근 보도된 상가喪家 명품구두 절도범의 얘기는 참 치사스러운 도둑도 다 있구나 싶지만 그게 아니다. 훔친 구두들은 거의 7, 8십만 원짜리 명품들이고, 도둑님 집에 숨겨 보관해 놓은 게 자그마치 1천 7백 켤레나 되었다니 억億! 소리가 나고도 남는다. 이 도둑은 신발을 보관만 했지 팔지를 않았다. 신발에 한이 맺힌 사람이었던가. 저 많은 수입신발들을 두고 나는 부자다라며 대리 만족이라도 했던가. 돈이 궁한 사람이면 시장에 내다팔기라도 했으련만 계속 훔쳐 보관했던 의미를 알다가도 모를 일이다.
  하여간에 구두를 잃어버린 사람들은 상가 문상 후 정장 차림에 맨발로 어떻게들 집에 갔을까. 생각하면 낭패다 싶어 절로 쓴웃음이 나온다.

코비드19

2019년 12월 중국 호북성湖北省 우한武漢 시市에서 발병하기 시작한 전염병은 불과 6개월 만에 전 세계로 확진자確診者가 번지는 실로 19세기 이후 300년 만에 전 세계를 뒤덮는 재앙으로 다가왔다. 내 나이 팔십 평생 살아오는 동안 처음 겪어보는 것으로 이름하여 코비드covid 19 감염병이다. 우한 시는 야생동물을 잡아 식용으로 많이 이용하기 때문에 야생 박쥐에서 병원균이 사람에게 전이되었다고는 하지만 정확한 규명은 아직 밝혀내지 못한 상태다.

오늘날 국제선 교통수단인 비행기를 이용하면 사흘 이내 지구촌 어디든 갈 수 있다. 21세기 인간의 일상은 자유의사에 따라 누구나 세계 어디든 가고 싶으면 비행기를 타고 갈 수 있고 극장을 간다거나 음악회, 스포츠 관람, 경조사 등 사람들은 서로 엮이며 오가는 만남과 헤어짐에 아무런 제약이 없었다. 그러나 코비드19 전염병의 확산을 막는 방법은 사람 간 접촉을 하지 않아야 한다는 거다. 발원지 중국을 비롯하여 미국, 호주, 그리스 등 세계 각국의 확진자가 하루 1만 명을 넘기는 사태가 속출한 것은 비행기 때문이다. 마침내 나라마다 공항입국자를 제한하다가 아예 빗장을 걸어 잠그는 사태에 이른다.

우리나라를 비롯한 세계 각국은 자국민의 해외여행을 금지시키고 외국

하와이 해발 3,000m에서 만난 희귀풀 Silversword

인의 입국도 철저히 막아버리는 조치에 돌입하게 되었다. 무엇보다 미국이 짧은 시일에 발병환자가 너무 급격히 늘어 국경봉쇄조치를 하는 바람에 노미노현상처럼 전 세계적으로 출입국봉쇄조치가 확대되었다. 나라마다 모든 입국자는 입국장에서 코로나 검사를 받고 감염 여부를 떠나 14일간 격리조치를 함에 따라 함부로 해외여행을 할 수 없게 되었다. 국가마다 자국민의 안전을 최우선시하는 정책 때문이다.

우리 가족만 해도 손자 손녀 며느리까지 미국에 있는데 1년에 한두 번 나오던 것이 2년째 나오지 못하고, 러시아에 있는 사돈도 해마다 두 번씩 우리나라를 방문했건만 2년 동안 한 번도 입국이 허용되지 않았다. 러시아 당국이 일반 국민의 해외여행을 막아버렸기 때문이다. 밀폐된 공간에서는 전염이 절대적이므로 확진자를 줄이자는 게 나라마다의 목표가 되어 다중이 모이는 시설이나 집단의 모임 자체를 금지했다. 2020년 여름 대구 신천지교회 교인 중 한 사람이 중국 우한시를 다녀와 자기도 모르게 감염자가 되어 교인 수천 명을 집단으로 감염시켰는데, 밀폐된 공간이 얼마나 위험한지를 보여주는 단적인 예다. 정부는 교회나 헬스클럽, 찜질방, 노래방은 물론이고 유흥음식점의 영업시간을 단축하여 9시 이후 영업을 못하게 막아버렸다. 식당도 사람 간 2m 거리를 유지하게 하고 모이는 인원도 4명을 초과하지 못하게 했다.

코로나바이러스는 주로 호흡기로 전염된다. 감염되었을 경우 바이러스는 폐를 침범하며, 고열과 기침, 호흡곤란 등의 증상이 발생하고 폐렴과 유사한 증세이다가 심한 경우 폐포가 손상되어 호흡 부전으로 사망에 이른다. 잠복기는 3~7일이지만 최장 14일까지 이어지기도 한다. 2020년 1월 30일 중국에서는 잠복기가 23일까지 늘어난 사례가 발표되었다. 코로나바이러스19는 증상이 나타나지 않는 잠복기 중에도 전염되는 사례까지

보고되었다

코로나바이러스 병원체는 기침이나 재채기를 할 때 2m 이상 날아가며 비말飛沫, 공기 중에서는 3~4시간이 지나야 완전히 소멸하는 것으로 밝혀졌다. 병원체가 배출되어 스테인리스나 플라스틱, 유리, 지폐 표면에 내려앉은 바이러스는 3~4일까지도 생존하며, 구리 표면에서는 4시간 정도 생존한다고 보고되었다. 신발 바닥에 붙었을 때에는 실내로 옮겨질 수도 있는데, 고무와 가죽 같은 신발 밑창에서는 5일까지도 생존하는 것으로 알려졌다.

2020년 7월 4일 전 세계 32개국 239명의 과학자가 세계보건기구(WHO)에 코로나바이러스 감염증의 공기감염 가능성을 제시하고 예방 수칙을 수정할 것을 촉구했다. 공기감염은 감염자의 기침이나 재채기로 분출된 바이러스가 5μm 이하의 에어로졸(Aerosol, 연무질) 형태로 공기 중에 분출되어 수분이 증발된 후 비말핵(Droplet nuclei)이 되어 부유하다가 감염되는 것을 말하며, '비말핵감염飛沫核感染'이라고도 한다. 비말핵의 이동 거리는 약 2m에서 48m 이상으로 공기감염 방식은 비말감염보다 전염성이 훨씬 높다. 때문에 밀폐된 공간에서 많은 사람이 병에 걸리기 쉬운 구조다. 비말핵감염이 아니더라도 재채기 등 감염자로부터 2m이내에서는 그만큼 감염의 위험이 높기 마련이다.

코로나바이러스는 발병 불과 6개월 만에 우리나라 사람들은 미세먼지를 걸러내는 KF94 이상의 방역 마스크를 쓰게 되었고 외출을 스스로 자제하게 되었다. 미세먼지와 감염원까지 막아주는 KF94 이상의 방역 마스크는 중국으로부터 오염원인 황사가 밀려올 때나 써 볼 생각을 했지 평소에 사용하지 않던 물건이었다. 그걸 전 국민이 하루아침에 모두 쓰겠다고 하니 약국에 물건이 남아 있을 리 없고 국내 몇몇 업체에서 하루 24시간 공장을 가동했으나 전국 수요물량을 충족시키기에 역부족이어서 약국을 통한 배급제가 시행되었다.

마스크 착용은 거의 100% 감염균을 차단해 주기에 마스크 쓰기는 절대적인 과제가 되었다. 길에 나서면 마스크 없이는 불안해서 다니지도 못한다. 주민번호 끝자리 수에 따라 한 주에 한 번씩 1회에 3장 이내만 공급하는 정책이 몇 달이고 계속되었다. 이 마스크 대란은 외국에서 수입해 오기를 반복하다 3, 4개월 후에야 공급이 원활하게 되었다. 그러나 마스크가 문제가 아니었다. 사람 간 접촉에서 유발되는 전염병이라 우선 식당에서 사람들이 어울려 식사를 하는 인원을 제한하기 시작해 밤 9시 이후는 전면 금지하는 정책이 시행되었다. 우리나라는 하루 확진자가 1천 명을 넘어가고부터 시행되던 것이 하루 2천 명을 넘기자 모든 유흥주점과 PC방과 노래방 그리고 운동시설을 비롯한 다중이 이용하는 업소는 밤 9시 이후 모임을 전면 금지시켰다. 나라 전체의 자영업자는 배달을 위주로 영업을 하게 되었고 그나마 배달도 할 수 없는 업소는 그냥 문을 닫는 수밖에 없는 지경에 이르렀다.

나라 경제는 대부분 소규모 중소기업과 자영업자가 떠받친다. 그런데 560만 자영업자가 문을 닫는 상황이 계속되니 나라가 바로 설 리가 없다. 드디어 정부에서 자영업자에게 재난지원금을 주게 되고 2년 동안에 2, 3회에 걸쳐 최소 1백만 원씩 주다가 나중에는 실제 손실금 전액을 지원하는 정책까지 쏟아냈다. 그래봐야 이런 조치들은 응급처방일 뿐 확진자를 줄이는 근본적 대책은 아니었다.

드디어 미국에서 코로나바이러스 백신이 개발되어 전 세계 나라들은 백신을 공급받으려 혈안이 되는데 우리나라는 감염자가 많지 않다는 이유로 대통령을 위시한 보건복지부 산하 기관들이 공급을 서두르지 않았다. 그리하여 결국 선발 공급국가보다 6개월 늦게 화이자, 모더나 등 백신을 공급받아 2021년 11월 18일자로 1차 접종 완료자는 76%, 2차 접종까지 완료한 사람은 전체 47%에 이르러 위드코로나with corona를 시행하게 된다. 그럼에도 하루 확진자가 2천 명대를 유지하는 가운데 더러는 하루 3,700명이 발생되기도 했지만, 현재 2천 명 대를 유지하며 위드코로나는 계속되고 있다.

초·중·고교 학생들은 1년 반 만에 드디어 11월 22일부터 전교생이 등교를 시작했다. 문제는 확진자 수보다 위중증 환자가 하루 4백 명 대를 유지한다는 사실이다. 이렇게 되면 중환자 수용시설이 부족하게 될 것이 자명한데도 미적미적 세월만 보내고 있다. 급기야 수용시설이 모자라면 응급수용시설을 땜질식으로 짜 맞추는 날이 올 것이다. 여당과 정부는 어느 것 하나 미리미리 준비된 시책을 펼치지 못하고 어느 누구도 책임지는 사람이 없다는 게 문제다.

코로나19는 불과 2년 만에 2, 3, 4차 변이를 거듭하며 위세가 꺾일 줄 모르고 번창하고 있다. 세계적으로 480만 명이 코로나로 사망했다. 이 중에 미국이 71만3천 명, 브라질이 60만8천 명, 인도가 45만 명이 사망하여 1, 2, 3위가 된다. 우리나라는 3,200명이 사망하여 세계 36위다.

어쨌거나 최근에 모든 사업자는 일상으로 돌아가 식당은 2차 접종자 포함 10명이 단체로 이용할 수 있게 되었고, 극장, 체육시설, 노래방도 12시까지 영업을 계속하게 되어 한 시름 놓긴 했다. 이것은 백신 접종자가 많아 코로나에 걸려도 충분히 이겨나갈 것이라 내다보는 거다.

2021. 11. 25.

시인과 술

무엇 하나 내세울 게 없던 내 어린 시절은 소금에 절인 부추처럼 풀죽은 나날의 연속이었다. 자작 밭뙈기 한 평 없는 막노동 일꾼인 아버지와 벙어리 엄마 밑에서 가난하다는 말의 참뜻을 실감하고 살았다. 하루 한두 끼니를 먹는 이유는 근근이 목숨을 이어 가기 위함이었다.

일찍부터 교회에 다니면서 남의 것은 땅에 떨어진 바늘 하나도 가져서 안 되는 것으로 배워 남에게 해가 되는 일은 할 생각조차 하지 않았다. 만들기를 좋아해서 무엇이건 만들거나 찾아서 혼자 놀았다. 자기 이름도 제대로 못 쓰는 반 친구의 새로 산 노트 겉장에 제목과 반 이름을 대신 써주기도 하고, 쇠톱을 뾰족하게 날을 세운 칼로 대추나무에 이름을 새겨주고 노트를 얻어 쓴 것이 열 살 때였다. 박달나무로 팽이를, 소나무 장작으로 스케이트를 만들어주고 대신 구슬이나 연필을 얻기도 했다.

성격이 내성적이란 걸 한 번도 부정해 본 적이 없는데 더러는 나보고 외향적이라고들 한다. 공감할 수 없다. 견딜 수 없을 만큼 기분이 상했거나 화가 치밀 때 보통 사람들은 어떻게 해소하는지 궁금하다. 원인 제공자인 상대를 때려눕히든지 무엇이거나 깨부수고 나면 직성이 풀리겠는데, 그걸 감정이 시키는 대로 실행에 옮긴다면 외향적이라 할 수 있겠으나, 그때마다 꾹꾹 눌러 참아내던 나머지 못 마시는 술을 소주 두 병쯤 마시고서

백두산 민들레

제풀에 나가떨어져 잠재울 수 있었으니 내성적인 내게 술이야말로 명약이 아닐 수 없었다.

1902년생인 소월素月은 열네 살 때까지 마음 깊이 사랑했던 세 살 많은 오순이란 동네 누나가 있었다. 둘은 남몰래 폭포수 아래로 숨어다니며 서로를 의지했다. 그러나 할아버지가 정한 여자와 강제로 혼인하게 된 소월은 오순과 헤어진다. 오순도 열아홉 살에 시집을 가지만 삼 년 만에 의처증 남편에게 맞아 죽는다. 그녀 장례식에 참석하고 나서 소월은 「초혼招魂」이란 시를 썼다. 나라를 잃고 사랑마저 잃은 설움에다 춥고 배고픈 시대의 아픔을 견디기 힘들었다. 술과 더불어 시름을 달래던 천재 시인은 끝내 술로도 이겨내지 못하고 서른둘에 아편으로 자살했다.

소월보다 열 살 늦은 백석白石은 자야(본명 김영한)를 스물여섯 살 때 만났다. 함흥중학교 교사로 근무할 당시 동료교사들과 함흥관에 갔다가 진향眞香이란 이름의 기생을 만나 곧장 사랑에 빠진다. "오늘부터 당신은 내 마누라야, 죽기 전에 우리 사이에 이별은 없어." 그녀 나이 스물둘이었다. 백석은 그녀에게 자야子夜라는 예명을 지어 주었다. 이태백의 시 「자야오가子夜鳴歌—사나이가 밤에 울면서 노래하다」에서 따 온 이름이다. 둘의 사랑은 진지했고 애틋했다. 자야와 백석은 한때 서울 정릉에서 같이 살기도 했으나 백석이 만주로 떠나 북한에 정착하고부터 남북으로 갈라진 채 자야는 남쪽에서 60년 가까이 절개를 지키며 오매불망 백석을 그리워했다. 자야는 남쪽에서 대원각이란 요정을 운영했다. 대원각은 7천 평에 달하는 우리나라 3대 요정으로 성북동에 있었는데 말년에 법정 스님에게 희사를 했다. 지금으로 따지자면 수조 원에 이르는 돈을 선뜻 희사한 자야는 "천억인들 그분의 시 한 줄만 못하다"란 명언을 남긴다. 법정 스님은 그곳에 '길상사吉祥寺'란 절을 지었는데 자야도, 법정스님도 가고 사찰만 현존하고 있다. 백석과 자야도 술과의 인연이다.

　박용래 시인은 1925년생인데 그의 술사랑은 좀 유별났다. 술이 적당히 취하면 울었다. 여덟 살 아래인 시인 고은이 대전에 살던 박용래를 찾아가면 둘은 으레 술을 마셨다. 박용래는 어디서건 술 이야기만 들어도 앉았다 벌떡 일어나던 술꾼이었는데 술만 취하면 펑펑 울던 울보였다. 엉엉 소리 내어 울었다. 소설가 이문구는 "그는 누리의 온갖 생령生靈에서 천체의 흔적에 이르도록 사랑하지 않은 것이 없었으며, 사랑스러운 것들을 만날 적마다 눈시울을 붉히지 않을 때가 없었다."고 회고했다. 마음이 가녀리고 순박해서 남자이지만 여자처럼 숫기 없던 시인이었다. 술을 먹으면 마음이 순해지고 거짓말을 못하던 그는 술 먹은 사람의 심중을 그대로 내 보였다. 취중진담醉中眞談이란 말은 박용래를 보고 한 말일 게다.

　천상병의 취중 기행은 별났다. 서울대학교를 다녔고 문학평론까지 하던 그가 중앙정보부에 끌려가 고문을 당한 끝에 정신병자가 되어버린 것은 알려진 사실이다. 1930년생인 그는 50년대부터 죽을 때까지 술을 끊지 못했다. 한 번은 박재삼 시인과 마시다 둘 다 술이 취해 박재삼의 집으로 갔다. 아내와 아이들을 다른 방으로 밀치고 둘이 안방에서 자다가 한밤중에 비 오는 소리에 깨어보니 천상병이 서서 방바닥에 흥건히 오줌을 싼 뒤 다시 누워 자더라는 것이다. 박재삼도 알아주는 술꾼이었지만 그의 아내 때문에도 다시는 천상병을 집으로 불러들이지 못했다. 1972년 김동리 선생의 주례로 목순옥과 결혼하고부터 구걸로 술을 마시던 그의 형편이 좋아진다. 목순옥이 인사동에 '귀천歸天'이란 카페를 개업하고서 문인들의 단골집이 되어 천상병이 예순셋으로 죽을 때까지 28년간 그를 위해 헌신했다. 정신병자일 때 지은 「귀천」이란 시는 그의 대표작이다.

불과 150여 년 전에 태어난 김삿갓을 생각하면 시대의 불운아로 우리나라 만고의 시선시詩仙임을 부정할 사람은 없을게다. 그의 조부 김익순이 모반죄로 참수를 당한 사실을 몰랐던 김삿갓(본명 김병연)은 고을 향시에서 장원급제를 한다. 그런데 그 시제詩題가 참 얄궂었다. 바로 조부 김익순을 탄핵하는 내용이었다. 김병연은 시제 풀이의 내용 말미에 이렇게 적었다. "임금을 잃은 이 날 또 어버이를 잃었다. 한 번의 죽음은 가볍고 만 번 죽어 마땅하다. 춘추필법을 네 아느냐 모르느냐. 이 일을 우리 역사에 길이 전하리라." 라며 조부 김익순에 대해 신랄하게 탄핵했다.

어머니는 병연에게 조부가 바로 김익순이란 사실을 숨길 수가 없었고, 병연은 망연자실 탄식을 한다. 갓 결혼하여 첫째를 임신한 아내를 두고 방랑벽에 나서게 된 이유다. 2년 후에 형이 죽었다는 통보를 듣고 집으로 돌아온 병연은 둘째를 임신시키고 다시 방랑벽에 나선다. 위로 영월, 금강산, 강계 아래로 충청도를 지나 지리산까지 싸리나무로 엮은 삿갓과 지팡이 하나뿐 짚신 발이었다. 그는 이름을 밝히지 않은 채 스스로 김삿갓이라 말하며 일생을 방랑하다가, 1863년 철종 14년 3월, 끝끝내 귀향하지 못한 채 전라도 동복 적벽강 나룻배 위에서 객사를 했다. 그의 나이 56세였다.

김삿갓을 떠올리면 수천 수首의 시작詩作이 곧 술에서 비롯되었음을 짐작하고도 남는다.

술이 아무리 좋기로 혈액 속에 0.1%가 쌓이면 운전면허 취소이고, 0.2%면 의식을 잃는다. 0.3~0.4%면 응급실로 가야 하는데 살아남을 보장은 없다. 술은 음식이 아니고 약물이다. 적당히 마셔야 명약이다.

창문 너머로 봄비가 유리창에 부딪치며 방울방울이 만나 새로운 길을 찾아 흘러내린다. 빗방울을 바라보며 한 잔의 술과 함께 시 한 수 읊어 볼까나.

관곡지 흰 어리연

인증샷

코로나19 전염병이 창궐하기 직전 초여름의 일이다. 모 갤러리 사무국장으로부터 연락이 왔다. 1개월간 전시하려던 어느 서양화가에게 유고가 생겨 전시할 수 없게 되었으니 이참에 사진 개인전을 해 보란다. 대관료도 팍 깎아 주겠다는 선심을 내비쳤다. 인사동 갤러리는 하루 대관료가 1백만 원 안팎이다. 인사동은 아니지만 서울 중구 퇴계로인데 한 주간도 아니고, 한 달 대관료를 하루도 못 미치는 값으로 해 주겠다며 솔깃한 제의를 해온 거다.

잠시 망설임 끝에 기회를 받아들이기로 했다. 우선 시일이 불과 일주일 정도밖에 안 남았으므로 모든 일을 서둘러야 했다. 저장해 둔 파일에서 급히 30여 점을 골라 인화를 맡기고 액자를 만들기 시작했다. 사진이 규격화된 사이즈이므로 인화 주문과 동시에 액자를 준비할 수 있었다. 내 직업이 액자제조업이니 전시 날짜에 공백이 생기지 않도록 서둘러 액자제작에 어려움이 없었다. 번갯불에 콩 구워 먹듯 그렇게 생각지 않았던 전시회가 열리게 된 것이다.

너무 갑작스런 전시여서 현재 몸담고 있는 한국불교사진협회와 몇몇 지인에게만 연락했다. 오픈 날에는 수필교실 문우들과 시 교실에서 같이 공부하는 여성시인들이 참석했다. 그중 육십 초반의 K시인이 낯모르는 친구를 대동하고 왔다. 대학 동창이라며 단짝 친구라고 소개했다. 훤칠한 키에 멋쟁이 스타일인 그 친구는 처음부터 끝까지 만면에 미소를 머금은 채 작품 하나하나 찬찬이 관람하면서 관심을 보였다. 관람객 대부분 그룹별로 작가와 기념촬영을 하는데, 역시나 K시인과 친구도 백두산 사진을 배경으로 가운데에 나를 세우고 셋이 기념사진을 찍었다. 대부분 개막일에 맞춰 온 손님이어서 이 날은 아침부터 저녁까지 전시장을 지켜야 했다. 나는 제조 자영업이라 전시장을 매일 지킬 수는 없는 사정이었으므로 평일에는 영업장에 있다가 지방에서 올라오겠다는 분이나, 날짜를 정해 오겠다는 지인과는 따로 시간약속을 해서 전시장에서 만났다.

개전開展 일이 일주일쯤 지났을 때 K시인은 동행했던 친구가 전하는 거라며 상자 하나를 내밀었다. 투명비닐로 감싸고 케이스에 담은 인형이었는데 아담한 키 높이를 하고 있었다. 금발에 둥근 모자를 쓰고 다리를 앞으로 뻗은 채 방긋 웃는 소녀상으로 인형 작품 솜씨가 예사롭지 않았다. 알고 보니 친구가 바로 인형 연구가라고 했다. K시인이 "선생님 책상 잘 보이는 곳에 놓고 인증샷을 찍어 보내셔요."라면서 친구에게 보내줘야 한단다. 집에 돌아와 책꽂이 한쪽에 공간을 만들어 나를 향하게 소녀상을 올려놓았다. 바라볼수록 정겨운 모습이다. 팔짱을 두 바퀴쯤 배배 꼬이게 하고 앉은 투명비닐 속의 소녀가 날마다 나를 바라보며 응원이라도 하는 것처럼 친근감이 갔다. 그리고는 까맣게 잊어버리고 세월이 흘렀다. 물론 인증샷도 보내지 못했다.

최근 오랜만에 서재 정리를 하다 인형이 그 자리에 변함없이 나를 바라보고 있음을 알았다. 내 서재는 등받이 의자와 적당한 공간이 있음에도 나는 좀처럼 그 책상에 앉아 글을 쓰지 않는다. 집은 쉬는 공간이란 생각인데, 낮에 종일 작업실에 있다가 집에 와서까지 글을 쓴다거나 작업한다는 건 내가 나를 너무 혹사 시킨다는 느낌 때문이었다. 집에서는 신문과 잡지, 아니면 책을 읽거나 영화를 보거나, 하여간 깊이 생각하지 않도록 편안한 마음가짐을 유지하려 한다. 사무실에서는 단 하루도 컴퓨터를 열지 않는 날이 없으나 집에서는 서재 책상에 앉는 일도 드물다.

오랜만에 집에서 컴퓨터 출력을 하려다 잉크가 말라붙어 새로 사야만 할 때도 있다. 그런 이유로 서재 컴퓨터가 놓인 책상 오른쪽에 인형이 있었음을 그동안 나는 하얗게 잊고 있었다. 오가는 길거리에서 산 것도 아니고 일부러 마음먹고 나를 대상으로 만들었다고 생각하니 새삼 보통 정성이 아니었구나 싶은 생각이 들었다. 더구나 평소 알지도 못하는 여성으로부터 이런 선물을 받았는데 인증샷도 잊고 감사 인사도 없이 너무 오랜 시간이 지나버렸다.

해가 두 번이나 바뀌는 동안 K시인은 만날 때마다 인증샷에 대한 아무 말 없이 안부를 주고받는다. K시인과 나는 스스럼이 없다지만 시인은 친구에게 얼마나 미안했을까, 생각할수록 민망하다. 이제 와서 무언가 표현한다는 일이 새삼스럽고 어색한 물감 덧칠하기란 생각도 들었지만 그대로 지나기엔 인형을 바라보는 내 마음이 불편하다. 늦었지만 이제라도 어떤 방법으로든 마음의 인사는 해야겠는데…

지금은 코로나19 발생 2년차로, 델타 변이바이러스가 두 주일째 하루 1,500여 명의 새로운 감염자를 쏟아내고 있다. 이 속도라면 4차 대확산이 코앞이다. 인도 델타 변이바이러스는 몸속에 많은 균을 번식시켜 다른 사람과의 감염 속도도 엄청나게 빠르다고 한다. 최근 서울과 수도권은 코로나 최고단계인 4단계로 저녁 6시 이후 2명이상 식당을 이용할 수 없고 밤 10시 이후 모든 업소는 문을 닫아야 한다. 명목상 2명 이상 합석을 금지했지만, 사실은 저녁 시간에는 외출을 삼가라는 말과 같다. 일찍이 경험해 보지 못한 기막힌 사회 현실로 아무리 만나고 싶다고 고집해봐야 불가능한 바람이다. 코로나 추이가 수그러들 때까지 기다릴 수밖에 없다. 세상일이란 게 어디 반죽 새알 만들기처럼 마음대로 되는 게 있었던가.

2021. 7.

(2021. 12. 31. 오미크론 변이바이러스가 국내 처음으로 유입되었다.)

첫인상

퇴근 시간이 약간 늦은 어느 날 집에 오니 택배 상자 하나가 배달되어 있었다. 보낸 분을 확인해보니 모르는 이름이다. 도착지 주소는 아파트 동 호수가 우리 집이 분명하다. 내용물은 무게를 보아 아마도 홈쇼핑에서 구매한 의류인가 싶었다. 그런데 받는 사람이 우리와 연관이 없는 전혀 낯선 여자 이름이다. 연락처가 적힌 대로 전화해 보았더니 옆 동도 아니고 길 건너 다른 아파트에 사는 엉뚱한 사람으로 동, 호수는 우리 집과 같다.

받는 사람 목소리는 수더분한 육십 대로 짐작되는데 당장 찾으러 오겠단다. 그러시라 하고 전화를 끊었다. 30분이 못 돼 문을 두드린다. 무겁지 않은 상자를 들고 현관문을 열었더니 키는 160센티가 넘어 보이고 나무랄 데 없는 외모다. 체형도 멀쑥하다. 그런데 어딘가 불안정해 보인다. 대체 사람의 첫인상이 무엇으로 규정되는가. 생각해 보니 얼굴에서 눈이 차지하는 비중이 이렇게도 컸던가. 오늘따라 더 크게 느껴진다. 얼굴은 계란형으로 잘 흘러내렸고 머리칼은 어깨에 닿을 듯 생머리로 잘 다듬어졌다. 코도 그런대로 밉상이지 않고, 얼굴 전체가 별로 흠 가는 데가 없어 보인다. 단지 눈을 감았는지 떴는지 구분이 안 되어 그로인한 어정쩡한 인상이다. 실눈을 뜨고 나를 훑어보던 이 여자는 고맙다며 기어이 밥

양치는 할멈

을 사겠다고 한다. 이런 고마울 데가 있더냐며 한참이나 너스레를 떨더니 여자는 돌아갔다. 며칠 후 참말로 전화가 왔다. 바쁘실 텐데 언제 시간이 좋겠냐며 한사코 약속을 받아내려 한다. 나는 나중에 날짜를 잡아 연락하겠다고 다짐하고 전화를 끊었다. 한 달이나 지났을까. 그 여자로부터 다시 전화가 왔다. 왜 연락이 없었냐며 따지듯 추궁한다. 생각하면 그다지 고마운 일도 아니다. 누구라도 그럴 터인 지극히 당연한 일을 했을 뿐이다. 답례를 표하겠다는 마음은 십분 이해한다 해도 이건 좀 지나치다는 생각이 드는 게 상대가 거부하겠다는 의사가 분명한 데도 의지를 굽히지 않는 것은 결례가 아닌가.

현관문을 열고 들어서서 처음 마주한 사이인데 무엇이 그녀를 끌어당겼을까. 우리 집은 평범한 가정집으로 별로 돋보일 그 무엇도 없다. 처음 보는 남자에게 그렇게 적극적으로 다가서는 것은 일반적으로 여성의 입장으로는 쉽지 않은 처신이다. 직업을 가진 여성일까. 그렇다면 사회생활로 인해 슬쩍 인상만 봐도 사람의 내면을 짐작하고도 남았다는 건가. 나의 인상은 그리 나쁘지 않았다는 걸까. 그리고는 다시 연락이 오지 않았다. 어찌 보면 상대방의 호의를 내가 너무 무시했나 싶은 생각도 든다. 눈이 그렇게 작지 않았다면 만났을까. 거절한 이유가 그 얼굴에서 눈을 빼면 다른 구실은 뭐였던가 생각해 본다.

사람과의 인연에 있어 외형이 그렇게 막중한 조건이 될 수는 없다. 얼굴보다는 내면의 아름다움이 훨씬 소중한 가치다. 그걸 알면서도 우선 쉽게 받아들여지지 않는 게 인상이라는 생각을 해 본다.

2018. 9.

여수 몽돌 해변

여수, 그 바닷가

여수 돌산도 끝나는 곳 거북 형상을 한 금오산은 우리나라 반도 남쪽 끝에 있다. 거기 바다가 내려다보이는 산자락 위에 암자가 하나 있다. 암자를 오르는 주변 바위들이 거북이 등껍질을 닮았다하여 요즘은 돌거북을 암자 주변에 많이 배치해 놨다. 암자를 오르는 층층 돌계단의 보폭이 넓어 오르기가 더 힘이 드는 걸까. 오르다 평판, 오르다 평판을 거듭하다 보면 어느 새 땀이 삐질삐질 나오고, 이백구십여 개의 계단을 올라서면 숨은 턱에 찬다.

암자라는 말을 떠올리면 작은 집 한두 채를 연상하게 된다. 그런데 향일암은 아무리 생각해도 암자라기보다는 사찰에 가깝다. 그 규모가 제법 넓고 크기 때문이다.

동백나무가 띄엄띄엄 자리하고 직박구리 굵직한 새 울음이 적막을 깨트릴 즈음 굵은 체격은 빠져나가기도 어려운 집채만 한 바위 두 개의 틈을 비집고 들어서면 툭! 하고 머리 위로 물방울이 먼저 반긴다. 경내 부속 암자를 모두 돌아보려면 일곱 군데나 바위틈을 고개를 숙여가며 다녀야 한다. 그래야 소원이 이루어진다고 한다. 서너 개의 비좁은 바위틈을 돌아서면 나무들 사이 바위 위에 고즈넉이 앉은 암자본체에 닿는다. 원효대사가 창건한 이 암자는 원래 원통암이란 이름이었지만 주변 형세가 거북을 상징하여 영구암永龜庵이라 불리기도 했다. 임진왜란 때 소실되어 숙종 41년 (1715)에 인묵대사가 중수하면서 아침 해를 바라본다 하여 향일암向日庵으로 개명했다. 일 년 내내 방문객이 끊이지 않는 이곳은 원효대사가 바다를 바라보며 참선했다는 너럭바위가 있고, 아름드리 동백나무는 곳곳에 수백 년 긴 세월 암자를 지키고 있다. 그 근처에는 한 뿌리에서 후박나무와 동백나무가 같이 자라는 사랑나무가 있는데, 젊은 연인들은 한 몸처럼 떨어지지 말자고 거기서 맹세를 한다.

향일암이 유명한 것은 떠오르는 아침 해를 바라보기가 이곳 암자보다 나은 곳이 없기 때문이다. 일출은 바다 물가에서보다 약간 높은 데서 바라보면 빛 그림자가 길어서 더욱 볼만하다. 해발 323m의 금오산 중턱 그리 높지 않은 곳에 자리한 암자에서 50도 가파른 나무 숲 아래는 바다다. 멀리 수평선으로부터 떠오르는 햇살이 붉은 선홍색으로 번져오면 물빛은 보다 길고 뚜렷이 타오른다. 무엇보다 종각에 달린 작은 풍경은 성인 뒤꿈치를 돋우고서 바라보면 종루에 해가 닿아 기묘한 형상을 만드는데 사진가들이 한 번은 촬영해 보고 싶은 장면이다. 그런데 그 풍경은 아쉽게도 종각과 함께 철거되어 거북상으로 대체되고 말았다. 향일암은 새해 첫날 해돋이는 물론이거니와 평소에도 연중 관람객이 끊이지 않는다. 강화 보문사, 동해 낙산사, 남해 보리암과 더불어 바다를 향한 부처님상이 있어 우리나라 4대 해수관음海水觀音 기도처로 불린다. 또한 여수는 무엇보다 해풍에 갓이 잘 자라 우리나라에서 갓김치의 원조로 알려져 맛있기로 소문이 나 있다. 주차하기 바쁘게 암자로 오르는 초입부터 한참인 오르막엔 점포마다 갓김치가 고무 다라이(일본말) 위에 고봉으로 담겨져 길손에게 맛을 보라 권한다. 방문객의 손에 몇 킬로그램씩 들려가기도 하지만 전국으로 배달되는 물량이 엄청나다.

서울에서 그곳까지는 자동차로 여섯 시간쯤 참 지루한 여정이고 멀기도 하다. 그러나 사십여 년 내 사진 여정에 아마도 열댓 번은 갔지 싶다. 그리 여러 번 가야 할 이유가 뭐더냐고 물으면 무작정 좋아서이다. 여수는 어디를 가도 낙심하거나 실망하지 않도록 곳곳에 참 많은 촬영 소재가 숨어 있다. 계절을 가리지 않고 아무 때고 그곳을 행선지로 정하면 길이 멀어 언제 도착할까 지루함보다는 어서 그곳에 닿기만 바라는 앞선다. 관광지로 유명한 곳은 사진가들이 피하는 편이지만 여수만큼은 촬영 소재가 곳곳에 산재해 있어 자주 찾게 된다. 어느 곳이나 길을 나서면 마음이 뻥 뚫리고 기운이 샘솟지만, 여수는 무엇보다 주변에 많은 섬이 발걸음을 붙잡는다.

여행은 목적보다 과정이란 말이 있다. 숨어 있는 그림 찾기에 몰입되는 모든 과정이 여수보다 흥미로운 바다도 없을 것 같다. 야경도 참 아름답다. 돌산대교는 우리나라 대교 중에서도 선배 격이어서 대교를 배경으로 한 야경은 한동안 사진가의 단골 메뉴였다. 더구나 어느 바닷가보다 주변에 형성된 어장이 많아 해산물이 다양하고 풍성하다. 전국에서 유일한 장어탕은 갈 적마다 먹게 되는 버릇이 되었고, 꽃게장 등 여수에서만 접할 수 있는 맛집도 수두룩하다. 특히 여수에서 가장 유명한 것은 군평선이 구이다. 숨겨 두었다 샛서방에게(남편을 두고 여자가 몰래 관계하는 남자) 준다는 생선이다. 회갈색 몸에 가로띠가 여섯 개 나 있는데 뼈가 강하지만 잔가시가 없어 발라먹기 쉽다. 전국 여러 곳에서 구이를 하지만 여수시장 군평선이 구이가 가장 맛있기로 소문이 났다. 군평선이는 구이나 탕을 끓일 때도 내장을 빼지 않고 조리한다. 여수에서는 조기보다 귀한 대접을 받는다.

우리나라는 어디서나 두세 시간이면 바다에 닿지만 볼 만한 몽돌해변은 아주 드문데 국내 최대의 몽돌해변이 여수에 있다. 크고 작은 몽돌은 바닷물이 철썩일 때마다 저속으로 촬영하면 갖가지 희한한 모양을 만들어 사진가들이 특히 좋아한다.

암자 입구로 가는 길은 비교적 좁아 절 마당도 보이지 않는 곳에서 방문객에게 기와보시를 권하는 보살이 있다. 향일암을 떠올리면 어느 해인가 오십 대 보살의 미륵보다 엄숙한 그 미소가 떠오른다. 기왓장에다 다녀간 흔적을 남기는데 대체로 가족의 이름을 적고 건강을 기원한다. 나는 딱히 쓸 말을 잊었다가 거창하게 '國泰民安護國佛敎'라고 적었는데 한국불교사진협회와 오래도록 인연이 닿아서이다. 암자에 기와보시를 하면 그 자체로 위안이 된다. 지켜보는 보살님의 미소는 꽃으로 피어나고 내 찌든 마음도 말갛게 씻겨나가는 기분이 든다.

이맘때쯤 들판은 벼 이삭이 고개를 숙이고 가끔 하얀 억새가 코스모스와 어울려 환상적인 장면을 연출하지만, 여수 바닷가 그 언저리는 가도 가도 싫증나지 않는다. 여수를 떠올리면 천 삼백여 년을 바다만 바라보고 선 향일암이 이웃인 양 선명하고 정겹다. 가는 길이 멀고 험할수록 기도하는 정성이 하늘에 닿아 소원성취가 된다는 믿음 때문에도 향일암은 너무 멀어서 특별하다. 길 끝나는 곳 절벽에 기댄 암자는 언제나 바다를 향해 있고, 그 바다에는 창랑滄浪한 물결이 연년세세 짙푸르다. 새 울음과 바람 따라 흔들리는 풍경소리와 해수관음상은 커다란 울림이 되어 고단한 인생길의 무거운 어깨를 조용히 쓸어주고 보듬는 숨결이 된다.

2019. 10.

파도를 헤치며

장모님과 엄마 1975. 11.

두 어머니

빛바랜 사진 속에서 두 분 어머니가 웃고 계신다. 생후 9개월이던 내 딸의 기저귀를 접으며 환하게 웃고 있는 사진을 보노라면 평생 고단한 삶을 살아온 장모님과 엄마 두 분의 생에 잠시 햇살이 비치는 시기가 아니었을까 하는 생각이 든다.

엄마는 도시 생활을 싫어했다. 어려서부터 살아온 고향마을엔 친구도 많고 생활도 익숙해 지내기 편해 했다. 그렇긴 해도 연세가 칠순이 넘자 큰형님은 고향 집에 혼자 계신 엄마를 형님 집으로 모셨다. 큰형님과 나는 대구에 각각 살았는데 10년 터울인데다 정이 없어 자주 왕래는 하지 않았다. 엄마가 형님댁에 계시니 그저 한 달에 한 번 정도 가 보는 게 전부였다.

엄마가 형님을 따라 도시로 나온 지 반년이나 되었을까. 그날도 뵈러 갔다가 돌아서는데 평소와 달리 엄마가 나를 따라나섰다. 한사코 내가 사는 집에 가보고 싶다고 했다. 하도 완강하게 졸라서 나는 형님께 허락도 받지 못하고 엄마를 우리 집으로 모셨다. 청각장애 1급의 농아聾啞인 엄마는 혼자 길을 나서 아무 데나 다닐 수 있는 처지가 못 되었다. 당신 스스로도 복잡한 도시를 함부로 다닐 수 없다는 것쯤 진작 깨닫고 있었다. 기껏해야 골목길을 눈여겨보고선 저만큼 갔다가 되돌아오는 게 고작이었다. 형님은 이런 엄마에게 주소와 전화번호가 적힌 명찰을 걸어 주었다. 당시는 집집마다 전화기 한 대도 귀하던 시절이다.

우리 집에 오신 엄마는 형님댁으로 돌아갈 생각을 하지 않았다. 아들이 없는 장모님은 우리 집에서 4년째 같이 살고 있었는데, 장모님이 우리 집에 살고 있다는 걸 엄마는 진즉에 알고 있었다. 육 남매 중 막내인 내가 편하기도 했겠지만 장모님과 엄마가 시골에서 이웃에 살았던 지기였던 게 가장 큰 이유였으리라. 말동무도 생긴데다 어린 손녀도 귀엽고 사랑스러우니 떠나기가 싫으셨던 게다. 큰형님이 집으로 데려가겠다며 손을 끌어도 한사코 안 가겠다고 버티며 엄마는 그렇게 1년 가까이 나와 같이 살았다.

하루 일과 중 엄마는 손녀를 업고 골목을 한 바퀴 돌아보는 것이 유일한 운동이고 큰 낙이었다. 장모님은 해소천식으로 바깥출입이 불편해 외롭긴 마찬가지. 두 분은 손짓 발짓으로 의사소통을 하면서도 더러 박장대소를 해가며 즐겁게 지냈다. 장모님은 젊어서부터 천식을 앓았다. 노년에는 신부전증으로 더더욱 고통스러운 나날을 보냈다. 앉아만 있어도 숨이 차서 나들이는 불가능했고, 얼굴은 늘 부어 있었다. 대구 약전골목에 있던 권오성 내과의원은 대구에서 내과로는 가장 유명한 의원으로 몇 년 동안 장모님의 단골 주치의였다. 병원에 갈 때마다 장모님을 내가 모시고 다녔다. 당시만 해도 천식에 대한 약은 마땅한 게 없었다. 주로 신부전증에 대한 약만 몇 달씩 처방해 주었다. 숨쉬기가 늘 불편했던 장모님은 엄마와 함께 기거한 지 6개월 만에 심장마비로 갑자기 세상을 떠났다. 환갑을 겨우 넘긴 나이였다.

대구 시가지를 벗어난 북쪽으로 금호강이 흐른다. 그 금호강 위에 팔달교가 있다. 낙동강 지류인 금호강은 1975년 당시만 해도 맑고 깨끗했다. 팔달교를 지나면 의성, 안동으로 연결되는 지방도로와 대전, 서울로 향하는 고속도로가 있다. 팔달교를 지나면 칠곡군이었다. 칠곡군 동명면은 아내가 왜관보건소 파견간호사로 동명면사무소에서 결핵관리요원으로 근무하던 곳이다. 팔달교 건너 금호강변에는 동신자동차학원이 널찍이 자리하고 있고 나는 자동차 운전을 배우러 1974년 몇 달 동안을 매일같이 그 길을 오갔다. 가고 오는 길에 버스 차창 밖을 바라보면 강물은 너무나 맑고 깨끗했다. 무릎 높이의 얕은 물에서는 하루도 쉬지 않고 너덧 명의 아낙들이 모랫바닥을 긁으며 재첩을 잡고 있었다.

장모님의 시신을 고로에 넣고 화장장에서 기다리는 동안 나는 문득 금호강 맑은 물을 생각해냈다. 낯모르는 먼 곳보다는 오가며 바라볼 수 있는 그곳이 좋겠다 싶었다. 산에 뿌릴까도 생각해 봤지만 강물 따라 먼바다까지 훠이훠이 못다한 여행이라도 마음껏 했으면 하는 생각이 들었다. 아내와 처형은 묵묵히 내가 하는 대로 맡겨 두었다.

깨끗한 모래와 수초 사이를 스치며 흘러가는 강물에다 수습한 유골을 뿌리며 문득 지난날이 생각났다. 고향마을에서 어릴 때부터 같은 초등학교 2년 후배이던 아내는 같은 교회에 다니며 평소에 나를 오빠라 불렀다. 아내가 살던 집에는 사촌형님 내외가 살아 그 집에 놀러 다니며 중학교에 다니던 아내와 자주 만났다. 세월이 지나 아내와 결혼을 하겠다고 장모님께 허락을 요청했을 때 단 한마디 이견 없이 흔쾌히 허락해 주셨다. 나는 그것이 늘 고마웠다. 당신의 아들 몫을 하리라고 그때부터 마음속으로 다짐했고 장모님을 향한 내 마음은 변함이 없었다. 장모님은 평소 교회를 열심히 다니셨으니 분명 천국에 가셨으리라 생각하며 명복을 빌었다.

마루를 사이에 두고 방 두 칸이 딸린 한옥이어서 장모님 가신 뒤에도 방 한 칸은 늘 엄마 차지였다. 장모님이 돌아가신 후 어머니는 짝을 잃어버린 기러기처럼 얼굴에 수심만 가득했다. 그해 겨울을 나신 엄마도 이듬해 봄, 형님이 모시고 간 뒤 한 해를 더 못 넘기고 일흔넷을 일기로 세상을 떠났다.

어머니가 업어주었던 딸아이는 잘 자라 지금은 마흔을 넘겼고 세 아이의 엄마가 되었다.

2017. 5.

유라 태어나던 날

아침 7시, 창고에 물건 입고시키듯 딸아이를 응급실로 밀어 넣고 나는 푸념이다. 병실이 없다. 어마어마한 대형병원에 병실 하나 없다니 믿으란 소린가. 별수 없이 기다리는데, 정오쯤에 1인실이 하나 나왔단다. 감지덕지 산모를 옮기고 나서는 병실료가 얼마나 비쌀까 그 걱정을 한다.

사람의 임신기간은 40주 내외이지만 38주에서 42주까지 정상범위로 본다. 그런데도 1주 빠르게 입원한 것이 내심 걱정이 되긴 했다. 직장에 다니는 사위 대신 온종일 아내와 함께 병실을 지키다 밤이 되어서야 퇴근한 사위에게 인계하고 집으로 왔다. 언제 출산할지 몰라서 불안해하며 잠깐 눈을 붙였는가 싶은데 아내가 흔들어 깨운다. 벌떡 일어나 시계를 보니 새벽 5시다. 산모가 엄마를 찾는다며 나더러 어서 같이 가잔다. 잠결에 후다닥 옷을 걸치고 카메라도 챙겼다. 깨우지 않으면 반드시 서운해 할 것을 알아준 아내가 고마웠다.

입원실로 들어서니 산모는 보이지 않고 사위가 우리를 엉뚱한 곳으로 안내한다. 일반인들의 출입금지 통제구역을 지나 안내된 곳에는 딸이 고통스런 눈빛으로 누워 있다. 가족분만실이다. 벽에는 여러 가지 첨단 의료장비들이 산모와 아기의 심장으로 연결되어 혈압, 맥박, 심전도 등이 모니터에 나타난다. 아기의 숨소리까지 또렷이 음향 장치로 들려온다. 천정

유라와 고양이 2012.

유라와 사랑이 2020.

에는 여러 조명이 일반 병실과 다르게 출산에 필요한 장비가 잘 갖추어진 방이다. 일반 병실은 출산이 임박해서야 산모를 수술실로 옮긴다. 그런데 가족분만실은 세 명 이내 가족이 산모의 출산을 지켜볼 수 있도록 특별 구역을 지정해 운영하고 있었다. 비용이 더 들지만 사위가 계약해 두었다. 밤새 괴로웠던지 딸의 얼굴이 많이 지쳐 보였다. 금방이라도 아기가 나올 것만 같은 표정인데 간호사는 두 시간쯤 더 기다려야 한단다. 일각이 여 삼추라더니 시간은 더디기만 하고 지루했다.

몇 년 전부터 우리나라도 자연분만보다 제왕절개 비율이 높아졌다. 출산시 아기의 적정 체중은 3kg인데 식욕이 평소와 다르거나 운동을 게을리해서 아기 체중이 4kg 이상이면 제왕절개가 거의 필수라고 한다. 그런데 제왕절개의 충족요건이 아닌데도 제왕절개로 분만한다는 게 문제다. 산모가 자연분만의 고통을 이겨내기 싫어한다는 것이다. 제왕절개는 WHO 권장량이 전체의 10%인데 미국과 유럽은 20%대다. 그런데 우리나라는 최근 조사 결과 46%로 권장치의 네 배가 넘는다. 자연분만이 아기와 산모에게 주는 장점이 너무 많은데도 말이다. 아기가 자궁과 질을 통과하는 동안 산모의 뇌에는 훼로몬이라는 특수 호르몬이 분비되어 아기에게 전해진다. 아기의 지능을 10% 이상 상승시키는 효과가 있고 태어난 아기에 대한 모성애도 훨씬 높아 모유 수유도 촉진시킨다는 연구결과이다. 모유로 자란 아기와 분유로 자란 아기의 건강 및 지능 형성도 확연한 차이가 있는 것으로 나타났다. 모유에는 그만큼 아기의 성장에 도움을 주는 여러 가지 물질들이 함유되어 있는데, 무엇보다 모유 수유는 인성발달에 더 많은 영향을 주는 것으로 나타났다. 제왕절개로 태어난 산모에게는 훼로몬이 전혀 분비되지 않는다고 한다. 동물실험에 의하면 제왕절개로 낳은 새끼와 자연분만으로 낳은 쥐의 새끼에 대한 관찰결과, 제왕절개로 낳은 어미 쥐는 새끼를 전혀 돌보지 않는 것으로 나타났다. 모든 산부인과 의사들은 자연분만으로 태어난 아기를 태어난 즉시 엄마의 맨살 배 위에 올려놓고 엄마의 체온을 아기가 느끼도록 해 주며 아기에게 젖을 물리는 등 엄마와 아기와의 일체감을 위해 배려하는 것이 일반적인 현상이다. 실제로 동물은 태어난 이후 1시간 이내 엄마와 접촉하지 않으면 일체감을 형성하는데 상당한 지장이 있다는 보고이다.

출산이 처음인 딸은 다행히 자연분만을 택했다. 그러나 이렇게 힘들고 극심한 고통임을 미처 몰랐던 거다. 척추를 받치고 있는 골반 뼈가 흐물거리고 나서도 천천히 아주 서서히 뼈가 이완되어 아기가 나올 수 있도록 공간을 만들어 준다. 골반이 작은 여성은 자연분만을 하고 싶어도 할 수가 없는 이유다. 자궁이 최대한 열려 아기가 좁은 자궁벽과 질을 통과하는 동안 아기의 두개골이 포개어졌다가 태어나자마자 원상으로 돌아간다고 하니 신통하고 기묘하다. 아기 스스로도 세상 밖으로 나오려면 그만큼 고통을 감내해야 한다는 거다. 산모의 고통도 이때가 정점으로 뼈가 으스러지는 고통에다 살이 찢어지는 아픔까지 스스로 견디지 않으면 안 되는 과정이란다.

마침내 두 시간이 지나 드디어 아침 8시, 입원한 지 스물다섯 시간 만에 특진담당 여의사로부터 마침내 스탠바이 명령이 떨어졌다. "아버님은 잠깐 밖으로 나가 주십시오." 간호사가 명령한다. 갑자기 여기저기서 바쁘게 서너 명의 간호사들이 민첩하게 우리 방으로 모여든다. 남자 보조 의사 한 사람까지 들어간 뒤 내가 밖으로 나온 지 2분이 채 못돼 아기의 울음소리가 났다.

잠시 후 간호사가 "순산입니다 아버님, 공줍니다."며 아기를 안은 채 보여주지도 않고 재빠르게 다른 방으로 가 버린다. 그 말을 듣는 순간 나도 모르게 한줄기 눈물이 흘러내렸다. 밖으로 나온 아내가 나를 보더니 덩달아 눈시울을 붉히고 있다. 이제 할아버지가 되었다는 위안과 함께 딸과 아기에 대한 안도의 눈물이었다.

문득 까마득한 기억 저편 37년 전, 내가 처음으로 자식을 얻었던 때가 생각났다. 그때는 이런 기분이 아니었다. 아버지가 되었구나 싶은 막연한 기쁨과 책임이 느껴지던 것뿐이었다. 두 번째로 지금의 딸을 얻었을 때도 바라던 대로구나 싶은 안도의 기쁨이었고 막내를 얻었을 때는 아들 둘에 딸 하나이니 안성맞춤이란 생각에 그저 막연히 좋았을 뿐 눈물은커녕 싱글벙글 웃음만 나왔다. 내가 흘린 눈물의 의미는 새 생명을 안겨주기까지 긴 고통의 터널을 빠져나온 안위에다 새로운 핏줄이 건강하게 찾아온 감사와 행복에 겨운 북받침일 것이다. 그게 젊어서는 전혀 느껴지지 않던 감정의 이입이었다.

태어난 지 사흘밖에 되지 않았는데 눈에서 떨어지지 않는다. 핏줄로 내게 온 첫 손녀가 날이 날마다 보고 싶다. 침실에도 거실에도 이제 겨우 출생 두 시간째인 눈도 못 뜬 아기 사진을 걸어 두고 바라보는 나에게 아내는 그렇게도 좋으냐고 웃으며 묻는다.

사람은 살아온 세월만큼 세상을 보는 눈이 더 깊어지는가 보다. 젊은 날 핏줄에 대한 느낌은 이렇지 않았다. 그저 핏덩이에 불과한 생명 하나의 의미를 인생의 황혼녘이 되어서야 절실히 깨닫는다. 늘그막에 와서야 느끼게 되는 삶의 보상이다. 그 무엇으로 이토록 북받치는 감정을 느끼게 할 수가 있었던가. 장성한 자식이 부모에게 보상할 수 있는 최고의 선물은 바로 핏줄을 낳아주는 것이며 이보다 더한 효도가 어디 있으랴. 이렇게 사랑스런 첫 손녀와의 만남이 시작되었다.

2006. 2.

장독대

그리운 시동영감

모내기가 한창인 5월 중순 고향마을 하마지下馬池에서 흘러내리던 수로에 물이 흐르지 않아 모심기에 비상이 걸렸다. 저수지 둑 지하를 관통하던 시멘트 원통관로가 막혀버린 거다. 큰일이었다. 수로 입구의 저수지 수심이 10m도 넘어 물속으로 들어가 막힌 돌을 들어낸다는 것은 상상조차 할 수 없었다. 장마가 들거나 모내기 철 수문을 다 열어놓으면 수문 가까운 곳은 물이 빨려드는 소리만으로도 소름이 끼쳤다. 물살이 소용돌이 모양으로 휘돌아 나무토막은 순식간에 굴속으로 빨려들어 부근에서는 수영조차 금물이었다. 요즘에야 경운기도 있고 양수기 정도야 집집마다 한 대씩 있다시피 하지만 당시 갈수기엔 양철에다 나무판을 대어 밧줄을 고정하고 양쪽에서 줄을 잡고 두 사람이 줄을 당겨 물을 푸던 시절이다. 장비라고는 호미와 곡괭이, 삽 등이 전부였다.

방법은 딱 한 가지, 저수지 둑 지하를 관통하는 관로를 거꾸로 들어가 막힌 통로를 뚫는 수밖에 없었다. 하지만 누가 그 작업을 하겠다고 나서겠는가. 아무리 다급하기로 제 목숨 내놓을 이가 세상천지 어디에 있겠는가. 사람들 가슴도 까맣게 타들고 탄식 소리만 늘어갈 즈음 수리조합장과 동네 사람들은 시동영감(아버지의 택호宅號)을 생각해냈다. 밑져야 본전 아닌가 하고 어떻게든 부추겨 볼 심산으로 그들은 시동영감을 불러냈다.

술을 좋아했던 영감은 성품이 여리고 착하기만 해서 남들이 잘 한다고 부추기면 위험하거나 궂은일을 마다 않던 사람이었다. 품앗이 일당보다 두 배나 많은 금액을 조건으로 내걸었을 것이다. 하루종일 일하는 데 비해 그 일은 금방 끝낼 수 있지 않느냐고 부추겼으리라. 술기운이 오르고 취기가 더할 무렵 급기야 영감은 맞장구를 쳤다. "그래, 까짓 해보지 뭐!" 그 일을 하겠다고 자청한 거다. 사람들은 시동영감이 변심할까 봐 곧장 그를 앞세우고 저수지로 향했다. 관로는 폭 50cm 정도였는데 만약을 대비하여 영감의 허리에다 굵은 밧줄로 단단히 묶고 입구에서 길이 20m의 굴 안으로 엉금엉금 기어들어가는 술 취한 시동영감을 바라보며 사람들은 굴 입구에 서서 그 일을 무사히 잘 해낼 수 있기만 천지신명께 빌었다.

시동영감은 동네에서 힘들고 꺼려 하는 일, 하기 싫은 궂은일을 마다 않고 해 온 사람이었다. 돼지나 개를 잡아주고 내장을 얻어오기도 했다. 자그마한 체구에도 불구하고 무거운 짐을 지게로 옮겨주고 품삯을 받았다. 농사 일을 하거나 보리타작 마당에 불려나가 능숙하게 도리깨질을 할 때면 추임새로 굿거리장단도 읊기도 했다. 그럴 때마다 새참으로 막걸리 한 주전자면 그만이었다. 어느 하루도 술 없이는 못 견디던 노인이었다. 품삯을 받아 돌아오는 길에도 대폿집을 지나치지 못하고 왕창 취할 때까지 술값으로 다 내주었다. 그러고도 돈이 없을 때는 아들이 해다 놓은 나뭇단을 담보로 술을 마시기도 했다.

그렇기로 목숨을 담보로 관로를 뚫어야 했던 이유는 단순한 그 성질 탓만은 아니리라. 국민의 85%가 농사에 의존했던 당시는 한 해 농사를 망치면 앉아서 굶어 죽을 판이었다. 집 집마다 보릿고개가 되면 양식이 부족해 풀뿌리 나물죽을 끓여 먹던 시절, 당장 모내기는 해야 하는데 물이 없어 발을 동동 구르는 동네 사람들의 걱정과 '시동영감밖에는 할 사람이 없다'는 추임새에 목숨까지 내놓아 아깝지 않다고 여겼을 게다. 시동영감의 자부심에 불이 붙은 것이다.

물은 콸콸 쏟아져 나오는데 줄을 잡은 장정들 손에 느껴지던 감각은 팽팽한 채 그대로였다. 돌덩이를 들어낸 시동영감은 물이 쏟아지는 굴속에서 빠져나오질 못했다. 장정들은 힘을 모아 다시 줄을 힘껏 당겼다. 그러자 줄을 잡은 사람들은 뒤로 나동그라지고 노인은 물살에 떠밀려 돌에 맞고 관로에 부딪히며 수십 미터 떠내려갔고 피투성이가 되어 까무러친 채 사람들에게 구조되었다.

면소재지 통틀어 병원이 단 한 곳도 없던 때였으므로 별다른 치료도 받질 못했다. 피투성이 머리를 수건으로 칭칭 감은 것 외에 보상은커녕 한약 한 첩 쓰지도 못한 채 일 년을 버텨나갔다. 열병에라도 걸리면 무당을 불러 푸닥거리를 하는 게 다반사이던 시절이었으니 오늘날 그 흔한 약국조차 면소재지 어디에도 없었다.

평생을 목침 하나로 잠을 청하던 시동영감, 몸살감기 한번 없이 건강하던 작은 체구의 시동영감은 그 사고 이후 끝내 집안에만 틀어박혔다. 어느 하루도 지게를 지지 않는 날이 없었는데, 그 일 이후 단 하루도 일하러 나가질 못하고 버티다 죽었다. 예순넷의 시동 영감이 죽었을 때 아무도 왜 그렇게 죽어야 했는지 묻지도 따지지도 않았고 쉬쉬하며 안타까워만 했다.

어린 나는 속수무책 아버지를 지켜보며 원망만 했었다. 위로 형들이 셋이나 있었지만 남의 집 머슴살이나 도회지로 나갔고 집안에는 청각장애 1급의 엄마뿐이었다. 중학교 진학은 꿈도 못 꾼 채 산에서 지게로 나뭇짐을 지고 시장에 내다 팔며 어머니와 단둘이서 하루 한 끼 보리밥도 배불리 먹지 못했던 내 나이 열다섯 되던 해였다.

아버지 살아생전 나는 한 번도 아버지에 대한 존경심을 갖지 않았다. 너무 가난했기 때문이다.

초근목피草根木皮란 풀뿌리와 나무껍질이다. 묘지 부근에는 잔대가 많았는데, 육이오전쟁 중이던 아홉 살 그때는 배가 고파 잔대 뿌리를 캐 먹었다. 손가락 굵기의 잔대는 아삭하고 맛도 달달해 먹을 만했다. 그런데 수직으로 내리꽂힌 걸 캐기가 어린 내게는 쉬운 일이 아니어서 많이 캐지 못했다. 소나무 껍질을 밥 대신 먹어본 사람은 안다. 봄날 새순이 돋아날 즈음 대나무 굵기의 쭉 뻗은 몸통을 낫으로 꺾어 겉껍질 돌기를 얇게 벗겨내면 하얀 속껍질이 나온다. 속살도 나무의 껍질이다. 약간의 단물을 삼키고 나면 질긴 나무껍질뿐인 걸 씹어도 잘게 찢겨지지 않던 껍질은 너무 질겨 뱉어내야 마땅했다. 그걸 한참 씹다 삼켜야만 했던 것은 허기진 배를 채우기 위함이었다.

188   나는 왜 이런 집안에서 태어났던가, 부모를 원망만 했다. 면소재지 전체 가구에서도 가장 최하위 가난뱅이 집안이었으니 그런 생각은 당연했을 것이다. 학교에 가면 월사금을 못 내 수업 중에 쫓겨나던 아이도 나 하나뿐이었다. 6년 동안 월사금을 낸 적이 단 한 번도 없었다. 그러니 해마다 오전 수업 중에 쫓겨난 횟수는 헤아릴 수도 없다. 쫓아낸 것은 집에 가서 돈을 받아오라는 명령이었지만 나는 갈 곳이 없었다. 돈이 없는 걸 너무 뻔히 알기에 학교 옆 옥티걸(개울 이름)에서 돌을 뒤집어 고기를 잡았다 놓아주곤 하며 시간을 보냈다.

그럴 때면 흐르는 눈물을 주체하지 못하도록 가난은 뼛속 깊이 스며든 지워지지 않는 낙인이었고 설움이었으며 수치였고 참을 수 없는 고통이었다. 그렇게 한두 시간 후 점심시간이 되어서야 교실에 들어가 오후 수업을 마칠 수 있었다. 공부는 하고 싶은데 늘상 쫓아내니 수업을 듣지 못한 날이 부지기수였다. 그래도 학년마다 우등상을 놓친 적은 없었다.

이제 내 나이 아버지 돌아가셨을 때보다 열다섯 해를 더 살았다. 다시 돌아가고 싶지 않은 힘겨운 삶을 살아내고서야 새삼 아버지가 보고 싶어졌다. 손톱 만한 얼굴 사진 하나라도 있어 자세히 보았으면 싶은데 살아 생전 사진 한 판 찍은 적이 없던 아버지의 얼굴은 세상 어디에도 남아 있질 않다. 아버지는 낫 놓고 기역 자도 모르던 분이었지만 말못하던 아내의 생일이나 자식들의 생년월일시는 잊지 않았다. 생일이면 자반고등어 한 손을 지푸라기에 묶어 들고 오거나 남의 집 애경사에 돼지를 잡아주고 내장을 얻어다 그날 하루라도 고기 맛이라 보여주려 안간힘을 썼던 가장이었다.

담뱃대에 엽연초 엄지손으로 지그시 눌러 담고 부싯돌로 불을 붙여 양쪽 볼이 파이도록 연기를 빨아 내뿜었던 그 노인네가 이제야 새삼스럽게 그립다. 60여 년 세월 저편에서 시대의 고난과 모진 가난 속에 고생만 하셨던 내 아버지 시동영감의 미소진 얼굴이 번져온다. 한 번도 윤운옥尹雲玉(坡平尹氏版圖公波33世孫)이란 본명을 불러준 사람 없이 시동영감으로만 불렸던 내 아버지…

이 좋은 세상을 다시 살게 할 수는 없을까. 아버지 그 모습이 간절하게 그립다.

※ 작가메모: 제1권에 실린 월간 『한국수필』 당선작 〈시동영감의 죽음〉에는 아버지 이름을 적지 않았다. 2권에 다시 아버지를 불러낸 것은 그의 죽음이 공익을 위함이었으나 시절이 가난하여 대외적으로 공론화할 수 없었기에 아버지의 뿌리나마 밝혀 기리고자 한다.

꽈리 열매

파도를 헤치며

오십 대 후반부터 청각에 장애가 생겨 양쪽 귀에 보청기를 착용했다. 그래도 불편하고 잘 들리지 않아 귀 바로 위쪽 피부에 임플란트를 심는 수술을 받았다.

보청기로 더는 도움이 안 되었는데 그보다 더 잘 들리는 기계라며 3차 병원에서 권해서였다. 이걸 착용하고도 텔레비전 볼륨은 6정도. 그나마 소리는 크게 들리지만, 발음을 아주 깨끗하게 구분해 내지는 못한다. 모든 보청기가 다 비슷하거니와 임플란트도 별반 다를 게 없었다.

임플란트 수술을 받기 전 텔레비전 볼륨 8로 듣는 나에게 시끄럽다며 이어폰을 끼든지 아니면 TV를 끄든지 하라고 짜증을 부리던 아내는 볼륨 3으로 듣는 지극히 정상적인 청력이었다. 그러던 아내가 불과 5개월 만에 볼륨 12로도 듣지 못하는 청각장애 5급 판정의 장애인이 되고 말았다. 원인은 스트레스라고 하지만 명확하지 않고 3차 병원에 다니며 양쪽 보청기를 처방받아 장착하고 다니는 중에도 아내의 청력은 계속 수직 하강했다. 인체 중에서 특히 청각은 한 번 나빠지고 나서 다시 좋아지는 방법은 현대의술로 불가능하다.

나는 20년에 걸쳐 서서히 나빠졌는데, 5개월 만에 청각장애 판정을 받기란 아주 특별한 경우로 좀처럼 있기 힘든 현실이라고 했다. 끝내 귓구멍

깊숙이 스테로이드 주사를 20회 정도 맞고서 그나마 더 이상 악화되던 걸 멈추는 정도로 만족해야 했다. 본인이야 말할 것도 없겠지만 정작 가족의 불편함이 이만저만이 아니었다. 밖에서 전화도 안 되고 얼굴을 마주하면서도 대화가 불통이니 말이다. 필기로 소통하면 되지 않느냐고 하지만 중도에 끊어지고 너무 불편해서 차라리 말을 하지 말자는 식이 되어버렸다. 하지만 어쩔 수 없이 대화해야 할 때는 고함을 질러댄 결과 언제부턴가 목이 잠기더니 약하고 가느다란 소리가 나오질 않게 되었다. 하루 이틀도 아니고 참고 참다 다시 고함을 질러야 하는 일이 계속되니 목소리가 회복되질 않았다. 할 수 없이 3년 가까이 다니던 가곡교실을 중도에 하차했다.

어느 날 아내를 바라보며 당신 때문에 내 목이 쉬어 말을 못 하겠다고 했더니, 몇 개월밖에 안 되었는데 벌써부터 이렇게 짜증을 부리면 앞으로 어떻게 살아내겠느냐며 심각한 표정이다. 못 알아듣는 사람은 오죽하겠냐며 눈물까지 글썽인다. 몹쓸 투정을 부렸구나 후회를 해도 아내의 구겨진 표정은 쉬 풀어지지 않았다. 통화를 할 수 없으니 아내에게 문자를 띄운다. 제발 금방 폰을 열어 봤으면 하고 바라지만 야무진 꿈, 30분 기다림은 양호이고 보통은 한두 시간 후에 연락이 온다. 이미 문제는 끝나버린 뒤다.

문득 사십여 년 전에 돌아가신 내 어머니가 벙어리였다는 생각이 떠올랐다. 그 오랜 세월을 견디고도 살았는데 몇 달 만의 이 불편함이라니 도대체 어디에 대고 내뱉는 불만인가. 바람인가, 구름인가, 성난 파도던가.

가곡교실 동료 소프라노 파트 한 여성은 14년차 계속, 아프지 않은 한 가곡교실 수업을 빼먹은 적이 없었단다. 적어도 주 1회 발성 연습마저 하지 않으면 목이 굳어버린다는 게 그녀의 확고한 신념이다. 대형 성당합창단에서 기성 성악가를 제치고 솔로를 담당하는 그녀의 음폭은 소프라노 가수 못지않은 고음으로 손색이 없고 목소리도 아름답다. 세계적인 성악가들의 프로필을 거의 꿰고 있는 그녀는 피아니스트이기도 했다. 아마추어가 이 정도의 열정이라면 가히 프로에 못지않고 예술가로서의 긍지와 품격을 지켜내는 일은 도에 가깝구나 싶었다. 교수님과 그녀는 나더러 미성이라며 계속 가곡을 배울 것을 권유했다. 그렇지만 테너인 나의 음역은 저들에 비해 형편없이 낮고 호흡도 짧다. 평소 천식이 있어 별수 없는데 차츰 호흡도 길어지고 나날이 발전하는 느낌은 분명했다.

어느 날 그녀가 내게 건네준 노래 하나는 「I am sailing」이란 팝송이었다. 이 곡이 내게 잘 어울리니 배워 보란다. 그래 가사를 보니 '폭풍우 몰아치는 바다를 항해하는데 오직 그대에게 가기 위해 그대 곁에서 자유롭기 위해 위험한 항해를 하고 있노라…' 이런 내용이다. 일전에 내가 쓴 단행본 수필집 『그날도 오늘처럼』을 선물했는데 책을 읽어본 그녀의 말로는 노래의 내용과 내가 살아온 인생 여정이 서로 맥이 상통한다는 거였다. 기억해보니 이 노래는 전에 많이 들어본 노래였는데 원곡은 흑인 여가수였다는 생각이 났다. 곡은 기억이 났지만 가사 내용은 이번에 찾아보고서야 비로소 알았다. 원곡은 누가 들어도 흑인 여가수를 떠올리게 하지만, 사실은 칠십 대 중반인 남성으로 발성이 여성에 가깝다. 영국인 작곡가 겸 가수 '로드 스튜어트'란 올드팝 가수가 1975년도에 부른 히트곡이었다. 곡의 흐름이 성가聖歌에 가까워 기독교인들이 선호할 것 같지만 순수한 팝뮤직이다. 험한 파도를 헤치며 고향으로 향한 사랑하는 사람을 찾아 목숨 걸고 향해하는 불굴의 의지와 결의에 찬 호소가 애잔한 노래였다.

아마추어 가수도 발성 연습을 게을리하지 않는다. 세계적인 소프라노 조수미 씨는 성악가가 되고나서 단 한 번도 찬물을 마시지 않았다고 한다. 세계적인 프로들의 몸 관리는 도인과 다름없다. 뛰어난 예술가들은 일정한 경지에 머무르기 위해 날마다 남모르는 시간을 끝없이 연습하고 갈고 닦고 매질하며 열정을 쏟아붓는다. 예술이란 그런 것이다. 노래처럼 성난 파도와 인생 여정을 끝내 헤치고 나아가야 한다.

'I am sailing I am sailing Home again cross the sea···.'

사진과 문학, 그리고 노래는 내 인생에서 빼놓을 수 없는 불가분의 관계다. 목소리도 제대로 나오지 않는데 허스키한 음성으로 노래를 흥얼거려 본다.

2019. 3.

—계간 『리더스에세이』 2019. 테마에세이 「노래, 인생을 조율해」

흔적

　대한불교 조계종은 25개 교구 사찰인데 제1교구는 조계사이며 제7교구는 수덕사이다. 제15교구 사찰이 통도사이고 제24교구는 선운사다. 각 교구 사찰별로 더러는 수백 개의 부속 사찰을 거느린다.

　불교 종파는 태고종, 관음종, 선각종, 원효종, 불승종, 일붕선교종, 보문종, 법륜종, 천태종 등이고 각 종파별로 수십, 수백 개의 사찰을 거느리고 있다. 그리하여 우리나라 전체 사찰은 암자를 포함하여 2만여 개에 이르고, 각 사찰별로 스님들이 종사하는데 우리나라 전체 스님의 숫자는 그저 짐작으로 가늠할 뿐이다.

　세상에 태어난 생명들은 모두가 죽음을 향해 간다. 사람도 마찬가지다. 스님들이 죽음에 이르러 지내는 장례를 다비茶毘라고 하는데 시신을 불로 태워서 유골을 추려 쇄골碎骨을 하고 산골散骨을 하든지 사리를 골라 봉안하기도 한다. 오래된 사찰 입구에는 여러 개의 석물비석들이 있는데 유명 스님들의 유골이나 사리를 모셔놓은 곳이다.

　다비 이전에 치르는 장례 의식은 고문헌에 자세히 기록되어 있으나 정작 불로 태우는 다비식에 대한 기록은 남아 있지 않아 종파별로 제각각이다. 대표적인 것으로 합천 해인사는 석유 60L, 경유 80L, 참나무 장작 5톤 트럭 2대, 참숯 20kg들이 20상자, 멍석, 가마니, 짚단, 짚발장, 광목,

남이섬 은행나무

순간접착제, 한지 등 기본 재료와 행사 비용, 손님 식대 등으로 기본 3천만 원 정도가 소요된다고 알려진다. 성철스님은 2억 원 이상 지출되었다고 한다. 장례식장에서 가장 많은 부담은 손님의 식대이며 그다음이 화장 때의 재료다. 일반 스님이나 특히 젊은 스님의 다비식은 비용 때문에도 대부분 지역화장장을 이용하고 유골은 산골을 기본으로 한다. 그러면 이승에서의 흔적은 없다. (《다비식》강승규 作 참조)

해마다 두세 번 고향 언덕에 모신 부모님 산소에 간다. 추석 가까운 가을철이면 어김 없이 벌초한다. 잘 모셔진 두 기의 무덤을 바라보면서 요즘 와서 한 가지 고민이 생겼다. 아버지 산소는 지어진 지 60년이 넘었고 어머니도 40여 년이다. 초창기 황소 뿔에 봉분이 자주 훼손되어 묘지 밑동에 한 자尺 높이로 빙 둘러 대리석으로 보호막을 둘러치고 무덤 양쪽에 망부석도 두 개 세웠다. 잘 다듬고 관리된 부모님 산소지만 4형제 막내인 내 나이 팔순이니 멀지 않아 우리가 세상을 등지고 나면 무연고 묘지가 될 게 뻔하다. 그래 생각한 것이 내 살아생전 부모님 무덤에 마지막 정리 작업을 해야겠다는 생각이다. 유골이 아직 남아 있기라도 한다면 화장해서 유골함을 가져와 묘지가 있던 그 자리에 다시 묻고 작은 표지석이라도 세워 놓든지, 아니면 수목장이라도 해야 깨끗하고 두 분 부모님도 덜 외롭고 섭섭해 하지 않겠지 싶어서다.

진시황은 불로장생을 위해 3천 궁녀를 동방으로 보내 불로초를 구하려 했다. 그러나 생명 있는 것들은 무엇이든 죽기 마련이다. 진시황은 사후에 땅을 파고 1km에 걸쳐 땅속에다 실제 병사와 말의 모형을 수천 개 만들어 둥글게 자기 시신을 둘러싸고 지키게 했지만, 다시 살아나진 못했다. 누구라도 당장 죽고 싶은 사람이 있을까마는 삶에 대한 애착은 대부분 사람이 갖는 필연적 욕구다.

나는 죽으면 기필코 화장하여 외진 산속에 산골해도 그만이고 아니면 수목장樹木葬도 좋겠다. 바다나 강물에 뿌리는 것은, 물이 바로 생명인데 오염시킬 우려 때문에도 산이 좋겠다. 평생 천식으로 살아 맑은 공기가 그리웠던 것도 이유겠다. 땅이 좁은 홍콩은 유골함 놓을 자리 하나에 몇 억 원을 호가하는 곳도 있다는데, 우리나라도 국토가 넓지 않아 화장을 선호하는 의식이 차츰 대중화되는 분위기다. 굳이 봉분을 만들어 자리를 차지하는 것은 우리 국토 면적대비 인구수를 보면 합리적이지 못하다. 풀숲에 가려 언덕인지 봉분인지 모를 곳에 누운 저 많은 원혼의 고절孤節을 생각하면 차라리 레테*의 강에나 묻히면 좋겠다 싶다.

오천 년 저 오랜 역사와 더불어 이 땅에 살다 간 우리의 선조들 대부분은 흔적도 남아 있지 않다. 흔적이란 언젠가는 반드시 소멸하기 마련인데 조금 더 오래 남아 있은들 그게 무슨 대수인가. 더구나 무연고 묘지로 남는 건 쓸쓸하고 서러울 일이기 전에 내 흔적이 세상에 아무렇게나 버려진 다면 후세 사람에게도 도리가 아니지 싶다.

그러나 아직은 장례 의식에 봉분을 하는 경우가 많다. 돈이 많을수록 너른 공간에 여러 부장품들로 치장하여 봉분을 만든다. 설령 고인이 화장해 달라고 해도 지켜지지 않는 경우도 있다. 그것은 후손들이 고인을 때때로 기리고 싶은 바람 때문일 게다. 반세기 전만 해도 봉분은 절대적이었지만 이즈음 화장 문화가 많이 정착되어 유골함을 비치하든지 아니면 수목장이 유행이다. 다행한 일이다.

2020. 6. 26.

*레테: 이승과 저승 사이에 가로놓인 망각의 강

착한 사람

요즘 사람들은 품질 대비 가격이 저렴할 때 물건값이 '착하다'라는 표현을 곧잘 한다. '착하다'의 사전적 의미는 '언행이나 마음씨가 곱고 상냥하다'이다. '착한 사람'의 뜻을 다시 인터넷에서 찾아보니 '아직 나쁜 상황에 빠져보지 않은 사람'이라 정의했다. 또한 잘 참는 사람이란 뜻도 있다. 공감한다. 그러나 인구밀도가 높은 서울특별시에서 착한 사람으로 살아가기란 쉽지 않다. 자존감을 지켜내기 어렵고 경쟁에서 이겨야만 살아남기에 어떤 면으로든 남보다 부지런해야 간신히 버텨낼 수 있다.

오래전, 서울 강남의 중심지 논현동에서 표구 액자제조업을 개업하고 몇 년이 지났을 때의 일이다. 동네 이웃에 산다며 삼십 대 청년이 걸핏하면 찾아와 형님, 형님 하면서 친절하게 정을 내기에 착한 사람이라 믿고 용인했다. 더러 막걸리를 사와 같이 마시자고 하여 점포에 일이 없을 때는 같이 응대하기도 했다. 어디에 사는지 직업이 무엇인지 알 수는 없었지만, 청년은 한 달에 서너 번씩 잊을 만하면 찾아와 정을 붙였다.

반년쯤 지났을까. 하루는 배달할 일이 생겨 점포를 좀 봐 달라고 했더니 "걱정 마십시오 형님, 제가 잘 지키고 있겠습니다."라고 하기에 1시간 정도 맡기고 다녀왔다. 그런데 그새 가게에 진열해 놓았던 제법 값어치가 나갈 작품 네 점을 알맹이만 도려내 가져가 버렸다. 액자 유리를 부수고 작

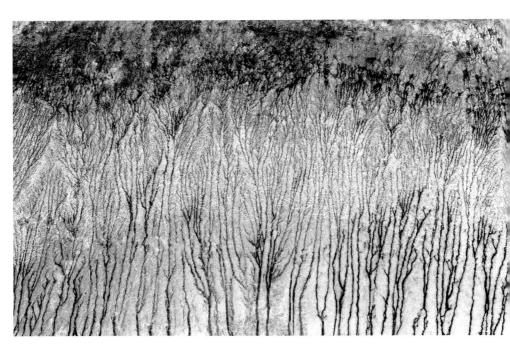

형상

품만 도려내느라 급하게 서둘러 점포 안은 유리 조각이며 종이들이 어지럽게 널브러져 있었다. 청전, 남농, 백포 등 유명 작가의 작품을 한눈에 알아보고 그것만 가져간 것이다. 처음부터 그림을 알아보고 작정하고 꾸민 일을 어찌 막을 수 있었겠는가. 그 후로 청년은 다시 찾아오지 않았다. 사기를 치려는 사람에게 당하지 않는 것은 혜안인데 내겐 그런 재주가 없다.

재료 구입차 동대문시장에 갔을 때의 일이다. 청·홍 공단 직물을 사기 위해 점포를 수소문하는데 묻는 곳마다 상인들은 쳐다보지도 않고 3층으로 가라거나 손가락으로 방향을 가리키고는 눈길도 주지 않았다. 3층에 올라 물어보니 다시 2층으로 내려가란다. 그렇게 2층에서 4층까지 한참을 오가며 헤맨 끝에 겨우 찾긴 했지만 내게 필요한 얇은 천이 없어 돌아서야 했다. 2층에서 4층까지 오르내리며 헤매는 동안 그때 내가 섭섭했던 이유를 생각해보니 상인들의 친절한 안내를 기대했던 것같다. 가만히 보면 상인들은 자세히 설명하고 앉아 있을 형편이 못 되었다. 한가하게 손님을 기다리는 게 아니라 무엇인가 분주하게 일손을 놓지 않고 있었다. 좀 야박하다 싶지만 다른 도시에서는 볼 수 없는 서울의 특별난 풍경이다. 작은 점포들이어도 모두가 전국을 상대로 도매 장사를 하는 곳이 서울이다.

육이오 사변 때 초등학교에 다녔던 나는 목숨을 부지하기조차 버겁던 참담한 시절을 보냈다. 초등학교를 겨우 졸업하고 난 뒤 아침 일찍 집을 나서 대여섯 시간을 걸어 팔공산에 올라 마른 나무를 지게에 지고 다시 되짚어 땅거미 질 무렵에야 집에 와 나뭇단을 쌓았다. 일주일에 나흘은 나무를 하고 그것을 시장에 내다 팔아 생활했다. 연탄이 없던 시절이어서 야산은 땔감으로 베어져 거의 민둥산이었기에 나무뿌리 등걸마저 괭이로 파서 가져와야 했다. 자작 밭뙈기 한 평 없던 우리 집에는 나무를 져다 팔아야 흰쌀이 아닌 보리쌀을 디딜방아에 빻아 가루로 만들어 끓인 죽이나마 배를 채울 수 있었다. 당시 동네 사람들은 나를 보고 착하다는 말을 자주 했다.

한겨울 나뭇단을 지고 산비탈에서 불어오는 바람을 이겨내느라 사투를 벌이던 때는 어린 나이에도 죽음을 두려워해야 했다. 어른들은 무거운 장작을 지고 바람을 이기고 잘도 가는데 나는 마른 나뭇가지로 간추려 내 몸에 맞게 지게를 짊어져 그 부피가 바람을 많이 받을 수밖에 없었다. 워낙 산비탈이어서 넘어지면 낭떠러지로 굴러 살아남지 못할 상황이었다. 두 발과 지게 작대기로 버티며 숨쉬기조차 버거워 눈이 충혈되도록 온 힘을 집중하며 꼼짝않고 바람이 멎기를 기다리기란 정말이지 죽을 것만 같았다. 겨우 빠져나온 나는 숨을 몰아쉬고 난 뒤 한동안 엉엉 소리쳐 울었다.

하루 한 끼로 버텨내던 것은 그나마 다행이었다. 사람은 극한 상황에 빠져보기 전에는 본인 스스로도 어떤 사람인지 잘 알지 못한다고 한다. 그렇게 살아오면서 나는 몇 번인가 죽을 만큼의 극한 경험을 잘 참아낸 것 같다. 배고픔을 참지 못하고 빵이라도 훔쳤으면 범법자가 되었을 텐데 파출소에 붙잡혀 가본 적은 없으니 말이다. 그러나 큰 죄를 짓지 않아서 착하다는 소리를 듣는 것은 별 의미가 없다. 사회에 헌신하고 싶은 것이 마음뿐이라면 그건 착한 사람이 아니다. 그런 의미에서 나는 착한 사람은 못 된다. 남 보기에 나쁜 짓은 하지 않은 것 같아도 어디 내놓을 만한 희사를 했다거나 장기적인 불우이웃 돕기나 자원봉사라도 해본 적이 없으니 말이다.

40여 년 전 서울에 첫발을 딛고 느낀 첫인상은 다른 도시들에 비해 사람들이 바삐 움직이고 인정이 메말라 보인다는 거였다. 그렇지만 골목 안 서민들의 살아가는 모습은 어디나 마찬가지 사람 사는 정은 배어나던 거였다.

어느 할머니가 종이상자가 가득 쌓인 리어카를 끌고 가는데 중학생 여럿이 함께 밀어주는 장면을 방송에서 본 적이 있다. 중학생들은 선행으로 교육장 표창을 받았다. 그런 할머니 중에 박스를 주워서 모은 돈 7백만 원을 기부한 이가 있었다. 박스를 소형 손수레에 가득 실으면 20kg 남짓인데 그래봐야 겨우 3, 4천 원 정도다. 그렇게 한가득 리어카를 채우려면 골목길을 얼마나 헤매야 할까. 그런 돈을 대체 몇 년 동안 모았단 말인가. 무더운 여름날 제철 싱싱한 과일이나 냉 주스 한 병으로라도 더위를 식히고 싶지는 않았을까. 삶을 위한 최소한의 먹거리 외에 얼마나 다독이고 자제하며 참아냈을까 생각만 해도 가슴이 먹먹해진다. 할머니의 심성, 그 청빈함의 무게는 도무지 가늠하기 어렵다. 갑부들의 수백억 원 희사가 값지지 않다는 말이 아니다. 그러나 할머니의 기부는 어디에 비견해도 부족하지 않는 값진 것이어서 눈물겹다.

KBS가 전국의 종이 줍는 노인들 수백 명을 GPS를 착용케 하고 조사해 보니 하루 11시간 일하고 13km를 걷는다는 통계가 나왔다. 이들의 시급時給은 950원으로 나타났다. 종일 일해야 평균 1만 원 정도 버는 것이다. 손수레를 몇 천 번 실어 날라야 모을 수 있는 돈인지 가늠하기도 어렵다. 그 돈을 불우이웃 돕기로 선뜻 내놓은 할머니는 몸은 늙었어도 마음은 청청하다 못해 가을하늘보다 깊은 '착한 사람'의 표상이라 해야겠다. 나는 살면서 이웃돕기에 얼마나 참여했던가 생각하니 부끄럽고 고개가 숙어진다. 대리 만족인가. 혹여 그 할머니를 마주할 수 있다면 막걸리 잔이라도 권하고 싶다는 생각을 해본다.

—월간 『수필과 비평』 2022. 4월호

풍도 복수초와 바람꽃

손톱아, 미안하다

일전에 타정총(권총처럼 생긴 공기압으로 못을 박는 기계)을 잘못 건드려 2cm 길이의 U자 바늘이 손가락 끝 지문을 뚫고 손톱 위로 관통이 됐다. 손톱에는 다른 곳보다 핏줄도 많은지 금방 피가 펑펑 쏟아졌다. 얼른 종이로 된 접착테이프로 동여매고서야 피가 멈췄다. 다행히 뼈를 다치지 않아 그럭저럭 잘 아물었다. 이런 일이 가끔 있어 내 손가락 한두 개엔 반창고가 감겨 있는 날이 많다.

동양화, 서예 등 전통 표구와 손님의 주문을 받아 각종 액자를 직접 제작하는 일을 시작한 지 40년이다. 작업이 약간은 거칠다. 톱질이며 대패질 페인트칠에다 판유리 절단 작업까지. 유리를 만져본 사람들은 알겠지만, 그 날카로움은 면도칼이나 진배없다. 고무장갑을 끼면 좋은데 장갑 낀 손은 불편하고 위험하다. 몰딩을 자르는 양날 기계톱은 목재는 물론이거니와 두꺼운 알루미늄 스틸도 두부 자르듯 잘라낸다. 날카로운 톱날에 장갑이 걸려들 생각만으로도 끔찍하다.

작업장에서 일하는 사람들은 손톱 밑에 때가 끼는 것쯤은 다반사다. 아침마다 자루 달린 넓적 솔에 세정액을 묻혀 손톱 밑을 닦는다. 어쩌다 한 번이면 모를까 거의 매일 이런 작업이 반복되다 보니 손톱이 온통 세로 줄이 생겨있고 참 볼썽사납다.

열한 살이던 1953년 휴전이 되고 피난길에서 돌아온 내 고향 영천은 참으로 참담했다. 팔뚝만 한 불발 포탄이 개울가에 널려 있고 상이용사와 고아들이 아침마다 깡통을 들고 구걸하는 장면을 쉽게 볼 수 있었다. 하루 한 끼만이라도 먹고 살아내라고 한 숟가락의 보리밥도 나누며 함께 배고픔을 견뎠다. 풀뿌리 나물죽이라도 먹고 살아있음이 축복이라 여길 만큼 그때는 그랬다. UN이 원조해 준 밀가루 없이는 기실 생명 부지가 어려웠던 시대를 살았다.

2011년 대한민국은 세계에서 여덟 번째로 무역 1조 달러를 달성해 세계경제 9위의 선진국 반열에 올랐다. 어찌 이런 날이 오리라 상상이나 했던가. 박정희 대통령의 경제개발 5개년 계획이 모태였지만 오늘이 있기까지 해외 송출인력과 월남파병 용사들은 물론이고 국방의 의무를 다한 병사들도 밑거름이었다. 우리나라는 해마다 2천5백여 명이 산업재해로 목숨을 잃는다. 그들 모두가 오늘을 있게 한 주춧돌이었다. 못다 누린 영령들의 명복과 유가족들에게 위로의 말을 전하고 싶다. 지금도 산업현장에서 위험을 감수하며 살아가는 사람들, 그 피붙이들의 걱정이 줄었으면 좋겠다. 저녁마다 손톱 밑의 때를 벗기며 '손톱아 미안하다' 중얼거리는 이 땅의 모든 근로자에게 고맙다는 말을 전하고 싶다.

4월의 시작, 산수유와 생강나무꽃이 노란빛으로 만발이다. 이 향기로운 날들이 온통 근로자들에게 행복한 계절이었으면 좋겠다.

—동아일보 2013. 5. 30 「첫잔을 들며」 코너

여행

사진에 입문한 지 사십여 년, 그동안 여행을 참 많이 다녔다.

사진가는 틈만 나면 촬영 여행을 떠난다. 남들이 가지 않은 오지, 자갈이 깔린 내를 건너 임도이거나 숲이 우거진 비포장 길을 사륜구동 SUV차로 다닌다. 사륜구동차로도 갈 수 없는, 차도가 끝난 곳에서부터 오솔길을 한참이나 더 들어가 막다른 곳에 있던 한두 채의 너와집은 이미 옛 풍경으로 이제 찾아보기 힘들어졌다.

숲속 입구에 자동차를 세워둔 채 배낭을 메고 오솔길을 걷다 보면 아담한 암자에 닿기도 한다. 깊은 산 속 절벽에 기대어 보기에도 아슬아슬한 암자는 그대로 하나의 풍경화다. 방문 앞에 놓인 흰 고무신과 아무렇게나 생긴 지팡이와 목탁 소리. 누가 보고 듣지 않아도 저 혼자 흔들리는 풍경 소리는 사람 많은 곳에서는 느낄 수 없는 고요 속의 울림으로 마음을 정화하기에 충분하다.

20여 년 전의 일이다.

경기도 남양주 와부읍에 있는 묘적사妙寂寺로 불교사진협회 회원들과 촬영을 나갔다. 자그마한 연못 속에는 동자승이 앉아 있고, 건너편에는 나무판자를 밑에서부터 덧대어 물이 스며들지 않게 벽을 만든 조그마한 나무 판잣집은 임시거처이지 싶은데, 방문 앞에 흰 고무신 한 켤레와 지

우포늪 미명

팡이가 세워져 있다. 지팡이는 적당히 굵은 마른 나뭇가지인데 제멋대로 생겨 손잡이도 없이 그냥 작대기인, 누가 봐도 지팡이로는 불합격이다. 아무거나 주워 잔가지를 꺾어버리고 사람 키에 맞춘 것인데, 길을 걷다 힘들어 현장에서 구한 것인 듯했다. 방문 앞에 단정히 놓인 흰 고무신과 지팡이는 그냥 한눈에도 어느 노스님이 주인이려니 싶은데 판자로 만든 벽과 매치가 되어 가슴 뭉클한 그림으로 비쳤다. 빛바랜 회색빛 판자는 비에 젖었다 말리기를 몇 해나 나이 먹었던지 나무의 원색은 간데없이 세월의 풍파에 견딘 흔적이 역력해 약간은 뒤틀린 모양새다.

그 판자와 미닫이 방문 문살의 흰 창호지와, 하얀 고무신과 지팡이는 서로 잘 어울리는 한 폭의 그림이었다. 그걸 흑백사진으로 40×50cm 크기 세로 쪽이 길게 인화하여 액자에 넣어 걸어두었더니 보는 이마다 좋아했다. 전시장에서 판매하는 금액인 30만 원씩 받고 다섯 점이나 팔려나갔다.

몇 년이 지났는지 확실한 기억은 없지만, 그후 다시 묘적사를 찾았더니 판잣집은 간곳없고 그 자리에 덩그러니 제대로 된 불사佛舍가 신축되어 있었다. 왠지 모를 허전함으로 예전 그 판잣집이 눈앞에 그려졌다. 좀 더 일찍 찾아가 다시 한번 봤더라면 싶은 애석한 마음이었다.

촬영 여행은 언제나 목적이 뚜렷한데 보기 좋은 그림을 찾기 위함이다. 길에 나설 때마다 어딘가 눈에 번쩍 띄는 대상이 기다리고 있을 것만 같아 가는 길에서도 지루할 틈이 없다. 스쳐지나면 그만일 풍경을 사각 프레임에 가두고 확대하여 자세히 보여주는 사진가의 역할은 아무나 대신하지 못할 고유 영역이다. 누구나 찍어 그림이 된다면 사진가가 무슨 소용인가. 디지털 세상이 오고부터 사진의 활용도는 엄청나고 다양해졌다. 산업 분야 어디든 사진이 침투하지 않은 곳이 없을 정도다. 사람의 눈으로는 볼 수 없는, 현미경으로만 보이는 미생물도 확대하여 누구나 볼 수 있게 하는 것이 사진이다. 그런데 대다수 예술사진은 현장에 가야만 담을 수 있으니 기실 힘들고 지난한 작업이다.

사진가는 여행이 잦지만, 지역 특산물이나 사람들 사는 모습은 거의 비슷해 별로 흥미가 없다. 다만 그곳에서만 보게 되는 고유한 생활상이거나 무엇이든 특별한 것을 찾으려 하지만 너무 다양해서 선택하기도 어렵다. 그래 우선 기념촬영부터 하고 본다. 풍경만 훑어보는 것이라면 좀 빈약하다. 마음이 울컥하는 감동은 아니라도 잔잔한 감흥에 젖어 가끔 한 번씩이라도 그곳에서만이 느끼게 되는 애정과 계절 따라 변하는 순수와 경이로움에 취할 수 있다면 좋은 여행이다.

때 묻지 않은 인정과 소박한 사람 냄새가 배어 있는, 어린 시절 추억이 고스란히 묻어 있는 곳은 아궁이에 남은 불씨처럼 고향 같은 아늑함이어서 좋은 소재다. 최근 우리나라는 살림살이 옛 풍물들은 거의 모두 사라져버리고 그 자리에는 천편일률적인 모양새로 성냥갑처럼 자리를 차지하고 들어서 있다. 외국에서는 4백 년 이상된 건물이 그대로 있고 그 속에서 사람들도 살아간다. 그러니 옛 문화가 곳곳에 남아 있어 볼거리를 제공하지만 우리나라는 제한적이고 소규모로 남아 있다.

관광을 목적으로 떠나는 여행이라면 오가는 과정과 목적지의 문화와 형태, 지역 특산물 먹거리로도 충분히 즐거울 것이다. 모처럼 마음 맞는 가족이나 친구와 떠나는 여행이면 더더욱 따뜻한 감흥으로 다가와서 좋다. 여행은 마음의 양식이다. 여행은 어느 곳이든 바라보게 되는 풍경이 있다. 신비로움을 자아내는, 사람의 손이 닿지 않은, 비록 작은 미물이더라도 그곳에서만 살아 숨 쉬는 끈질긴 생명력을 보게 된다면 그게 바로 여행의 참맛이다. 그리고 나를 살리는 에너지다. 내가 살아온 곳과 비교

되는 지구촌 곳곳에서 살아가는 사람들 삶이거나 자연의 경이로움은 거기서만 느끼게 되는 특별한 체험이다. 힘들고 버거워도 기회를 만들어 가보지 않으면 맛볼 수 없는 것이 여행의 참맛이다. 사람의 얼굴이 제각각이듯 풍경도 절대로 같지 않다. 세상에 같은 풍경이란 없다. 만일 가는 곳마다 비슷한 풍경이라면 무슨 재미인가.

제각각 다른 풍경이 여행의 맛이고 얼굴이다. 독특한 모습으로 거기서만 존재하는 특별한 형상이어서 신비롭다. 그 신비로움을 찾아 떠나는 게 여행이다. 날마다 새롭고 흥미로운 볼거리로 감동을 준다면 여행은 행복하다. 몸은 피곤하고 힘들어도 마음이 행복하기에 여행은 나를 새롭게 하고 날이 날마다 흥미와 신바람을 일으키게 한다.

"여행은 모든 세대를 통틀어 가장 잘 알려진 예방약이며, 동시에 회복제이다."라고 데니얼 드레이크가 말한 것처럼 여행은 다음 날의 활력소이

고 치유약이다.

순천만 일물

라다크 양젖짜기

늦복

구절초

문학회와 더불어

손주들 일곱 중에 여섯 번째인 일곱 살 외손녀 사랑이가 올해 3월 초
등학교에 입학했다. 올해는 새 학기부터 코로나19라는 전염병 때문에 학
교 가는 날보다 안 간 날이 더 많았다. 사람 간 접촉으로 유발되는 전염
을 막기 위해 정부에서는 그동안 사회적 거리 두기 2단계에서(사람 간 2m
거리를 두고 생활하기) 1단계로 완화하였다. 하루에 발병되는 신규확진자가
세자리 숫자를 계속 유지하다 두 자리로 내려와 일주일 이상 계속되고
있다는 게 이유다. 덕분에 아이들이 오랜만에 등교를 하게 되었다. 외할
아버지인 나는 아이들 등교 시키는 일도 즐겁다.

내 어렸을 적엔 코흘리개가 많아서 모두들 앞섶에 코 닦는 수건을 핀
침으로 꽂아 싸매고 다녔지. 그 시절이 선명히 떠올라 웃음이 난다. 저개
발 국가를 가면 아직도 코흘리개 꼬맹이들을 많이 보게 되지만 선진국
반열에서는 볼 수 없게 된 광경이다. 어제는 좀 일찍 등교를 시켰더니 15
분간을 혼자서 빈 교실에 있었단다. 그래 "사랑이 울었어?" 물었더니 안
울었단다. 등교도 정확히 8시 45분부터 9시까지 15분 동안에 이뤄져야
한단다. 생각해 보니 어제는 정문에 선생님이 한 분도 안 계셨다. 오늘은
50분에 도착했더니 선생님 세 분이 정문에서 등교 지도를 하고 있다.

엄마 아빠 언니 오빠 함께 아침 7시면 모두 집을 나선다. 다 나가고 없

는 빈 집에서 사랑이는 계속하여 잠을 잘 때도 있고 내가 갈 때까지 한 시간 반을 고양이와 둘이서 TV 어린이프로에서 슬라임놀이를 시청하고 있을 때도 있다. 스스로 세수하고 옷 입고 집에서는 혼자서도 잘 놀지만 학교는 혼자 못 가겠단다. 그래서 누군가 5분 거리 학교 정문까지 데리고 가야만 한다. 그러나 하교는 혼자서 불평 없이 잘 하는데 집에 와서는 현관문을 열고 언니 오빠가 올 때까지 빈 집을 잘 지킨다.

고사리손을 잡고 아파트를 벗어나면서 경내에 빨갛게 익은 열매를 보며 이것이 산수유나무 열매인데 먹어도 되는 것이라 알려 주었다. 아주 탐스럽게 익어 따먹고 싶은데 가지가 높아 손이 닿지 않아 포기했다. 계절은 시월 중순으로 가을이 여물어 간다.

이 가을 외손녀 등교를 이틀 간 아내에게 맡기고 엊그제는 버스를 타고 일박이일 강원도 여행을 다녀왔다. 해마다 실행하는 OO수필문학회 가을 세미나는 올해로 열다섯 번째의 정기행사. 나는 문학회에 처음 입회한 6회부터 단 한 차례도 빠지지 않고 참석했다.

무슨 사정이라도 있을 법하겠지만 벌써 한 달 전부터 여행에 대비해 미리 가게 일감을 앞뒤로 밀고 당기며 일정을 조율하여 참석하는 데 초점을 맞춘다. 혼자서 가게를 지키느라 이번에도 도저히 빠져 나가기 곤란했지만 맡은 일감을 다른 곳에 부탁해 여행 후 다음 날 오후에 찾아갈 수 있도록 조정했다. 평일에 가게 문을 이틀씩 닫는 일은 쉽지가 않다. 따르는 경제적 손실보다 고객에게 신뢰를 저버리지 않아야 하는 게 더 큰 문제이고 일 처리가 쉽지 않은 이유다. 안 가면 되지 굳이 여행을 가야만 했던 진위를 무엇인가 묻는다면, 일도 중요하지만 돈으로는 대신할 수 없는 사람 사는 맛의 즐거움 때문이다. 회원들과의 인연은 오래 익은 와인처럼 깊은 맛과 또한 오월 싱그런 연둣빛 수채화물감처럼 포근히 가슴 깊이 물들어있기 때문이다.

우리는 가족이나 친구 학교동창이나 친지 그리고 동아리 모임 등 여러 방면으로 낯익은 사람들과 여행을 한다. 그야말로 나는 사십여 년 사진 가로 활동하면서 일반인들보다 많은 여행을 다녔다. 매 주말이면 어김없 이 집을 나섰고 심지어 주중에도 여행을 떠날 때가 많았다. 목적을 두고 가는 여행은 목적 자체가 이뤄짐으로 성취이고 마음에 위안이 된다. 그런 뚜렷한 목적이 아니라도 무작정 떠나는 여행은 또 얼마나 멋진가. 그렇다 고 결코 넉넉한 형편은 아닌 것을 보면 여행은 결국 마음먹기라 생각한 다. 여행이란 단어 자체가 희망이기에 수단과 방법은 다를지라도 어떤 형 태이거나 무엇으로라도 여행에는 실패란 있을 수 없다. 단지 얼마나 많고 적은 짜릿함을 느꼈나 그 차이만 있을 뿐이다.

아침 9시 잠실종합운동장 정문 안쪽에서 관광버스가 출발했다. 25명 의 목적지는 강원도 강릉 경포대다. 코로나 때문에 그동안 멈추었다가 정 말 오랜만에 떠나는 여행인가 싶다. 이번 여행은 ○○수필문학회라는 간판 아래 모인 수필가 단체여서 특별히 설렌다.

나는 얼마나 많은 단체와 여행을 다녔던가. 생각해보니 1975년 대구사 진연구회를 시작으로 올해 창단 80주년인 대한사진예술가협회 전국 14개 지회 중 서울본회가 사진의 모태였다. 그리고 한국사진작가협회, 한국불 교사진협회, 한국예술사진협회, 송파구 사진작가회, 한국문인협회 수필의 날, 한국수필가협회 해외세미나, 그리고 미래수필문학회 야외세미나와 재 경 초등동창회 9명의 해외나들이와 국내 여행 등등 실로 많다. 이들 단 체보다 깊은 것은 삼십여 년 계속해온 4명 1조 자동차로 떠나는 김광용, 강승규, 박봉수 아우와의 사진촬영 여행이었다. 국내 여행은 관광지를 제외한 북한 금강산, 독도— 그밖에 곳곳에 자리한 사찰과 무인도 오지 탐험 등을 꾸준히 계속해왔다. 생각해보면 복 많은 일생을 살았나 싶긴 하다.

그러나 그중에서도 수필문학회의 세미나는 아무리 생각해도 남다른 감회다. 전국 곳곳에 산재한 문학관을 찾아다니면서 거기서 치르는 낭독회가 주목적이긴 했다. 뒤이어 가까운 콘도에서 1박을 하는데 준비한 과일과 함께 와인과 소주 맥주도 당연히 걸친다. 여기서 참으로 중요하고 별난 것은 이들의 몸짓이 누구 하나 소외된 사람 없이 모두 한 가족이 되어버린다는 거다. 회장단의 무한 희생은 '누가 누가 잘하나' 식의 몸을 던지는 열정으로 뭉쳤다. 사회에서의 무거운 짐을 내려놓고 나를 내던져 완전히 벌거벗은 영혼으로 뒤섞인다는 것은 얼핏 쉬운 일 같지만, 세상 어디에서도 맛보지 못한 이곳만의 독보적 공감대다. 한국문인협회 소속 문학을 사랑하는 문인들, 이 엄연한 사실로 뭉친 단체, 오륙십 대가 주축이지만 사십대부터 팔십대까지의 우리들은 성년에 이르도록 햇수를 거듭해 오며 다져진 가족이나 진배없다. 35명쯤의 적당한 인원으로 매주 한 번씩 수필교실에서 선생님을 축으로 얼굴을 마주하며 공부를 해 왔다. 얼마나 자주 만났던가가 중요한 포인트이며 관건인 것 같다.

대체 어느 친구와 가족이 한 달에 네 번씩 꼬박꼬박 만나는 경우가 있던가. 때로는 이해가 부족해 한두 번쯤 반감을 사기도 했을 테고 선입견으로 다가서다 오해를 사기도 했을 거다. 다투기도 했고 미움도 샀지만 그래서 더 다져진 우리는 여자들만의 모임에 남자 둘이 뻘쭘히 섞인 언밸런스 희한한 단체다. 오랫동안 남자 회원은 나 혼자 외톨이였는데 최근에 한 명이 늘었다. 팔순이 가깝도록 이제껏 살면서 세상 어디서도 이런 단체는 만나보지 못했다. 어디서 이렇듯 여자들이 오라버니, 오빠라고 불러

주랴. 나는 육십 중반서부터 팔십으로 가는 인생길의 핵심을 이 단체에서 살아냈다.

생각하면 수필을 배울 수 있도록 이곳으로 이끈 오랜 세월 송파구 사진동료이기도 한 한국수필가협회 김의배 부이사장께 이 자리를 빌어 머리 숙여 고맙다는 인사를 드린다.

2020. 10. 20.

새만금 장승과 솟대 2007.

첫 번째 낭독회

　오전 11시, 몽촌수필 회원 18명이 잠실역 부근 연금공단 앞길에서 모였다. 다 모였을 무렵 제비뽑기를 하여 A, B, C, D, E까지 한 팀에 4명씩 조를 짰다.

　각 조별로 행선지를 정해 그곳에서 중식과 차를 마시며 자유로운 시간을 보내다가 오후 5시까지 둔촌동 첼시가든에서 합류하기로 했다. 코로나19로 인한 5인 이상 모임금지 국가 시책에 따르기 위함이다. 차량을 준비한 곽인희, 박순호, 안혜영, 이영숙, 이은정 이렇게 다섯 명이 모두 모였다. 조별로 차들은 하나 둘 공단 앞을 빠져나갔다. 내가 속한 A조는 곽인희, 김상남, 이의순과 함께 서종면 남한강변으로 향했다. 비가 내릴 듯말 듯 시야는 물기로 가득했지만 강산은 깨끗하고 공기도 상큼하다. 눈이 닿는 곳마다 연녹색 잎들이 산천을 덮어 봄 냄새가 물씬 난다.

　진달래, 개나리도 꽃이 지고 진자리에는 이파리만 무성하다. 이팝나무하얀 꽃도 가버렸다. 쥐똥나무 잎사귀 속에 밥풀때기만 한 하얀 꽃이 보일락말락 하고 그토록 붉던 철쭉꽃도 지고 없다. 그러나 아마도 지리산바래봉, 합천 황매산, 남원 봉래산은 지금쯤 온통 산봉우리가 붉게 물들었을 것이다. 산은 해발이 높을수록 꽃도 더디 피고 오래간다. 우리나라는 아직도 지리산 철쭉이 압권이고 그 다음이 합천 황매산이다. 한때는 제주도 한라산 정상 천지일대에도 철쭉 붉은 꽃으로 뒤덮인 적이 있었다. 지난 날 나는 황매산이나 지리산을 여러 차례, 부근에서 일박하고 새벽 산을 올랐었다. 오를 때는 힘들어도 정상에 올라 능선을 바라보면 그처럼 가슴이 뻥 뚫리기도 어렵겠다. 굽이굽이 돌아서 천지에 가득한 철쭉꽃을 바라보면 오월 하늘아래 천지강산 붉은 물결 가득하기로는 철쭉꽃을 대적할 장사가 어디 있던가.

"내 나이를 세어 무엇 하리. 나는 지금 오월 속에 있다…"라는『인연』속에 있는 '오월'이다. 오늘은 오월도 하순인 세 번째 목요일, 오월은 피천득 선생으로 인하여 열두 달 중에서 가장 아름다운 달로 내 가슴에 머문다. 이 숨 가쁜 오월 속에 흠뻑 젖으며 우리는 양평 서종면 일대 숲속을 달렸다. 서울에서 한 시간쯤 달려 머문 곳은 토방土房이란 이름의 한정식집이다. 강물이 언덕 바로 아래로 흐르고 물살을 가르며 워터스키가 달린다.

나라마다 강은 많지만, 이토록 넓은 면적으로 수백 킬로미터를 내달아 수도 한복판을 가로지르는 강은 흔치 않다. 춘천 소양댐으로부터 발원하여 의암댐, 청평댐을 거친 북한강 물은 양수리에 이르러 남한강과 합류한다. 그렇게 흐르고 흘러 팔당댐에서 잠시 숨고르기를 하던 강물은 서울에 닿기까지 주변 농촌과 소도시를 위시하여 벼논의 수원이 되고, 서울 경기 일원 2천만 명의 식수로 넉넉하다. 강물은 2급수로 강폭이 50m에서 300m, 깊이도 10m 언저리를 유지하며 가만가만 조용히, 아무리 가물어도 물이 마르는 법 없이 흐르고 흐른다.

우리가 토방에 도착했을 때 이미 D조의 이영숙, 유광현, 이애주가 먼저 도착해 있었다. 점심은 정식으로 된장국에 삼겹살 수육을 곁들인 쌈밥에 게장무침 등 열 몇 가지의 반찬이 나왔다. 우선 이가 시리도록 차가운 냉수부터 단숨에 한 컵 마신다. 나물과 함께 반찬들이 토속적이다. 이토록 찬란한 봄날에 야외에서 막걸리가 없어서야 되겠는가. 광현 아우가 가평생 잣 막걸리 두 병을 시켰다. 막걸리 색깔이 하얀 사기그릇처럼 불순물 하나 없이 희고 깔끔하다.

폐에 손톱만 한 큰 점이 생겨 엊그제 기관지 내시경을 하고 일주일 후 결과를 앞두고 있다. 그동안 참아내던 술이었지만 오늘 같은 날에야 참을 수 없다며 한 잔을 단숨에 마셨다. 그 맛을 물어 무엇 하랴. 나는 몽촌수필의 사랑스러운 아우들과 오월 속에 있다.

점심을 먹고 나서 서종면 숲길을 달려 '빵 굽는 집'에서 차를 세웠다. 빵과 커피를 시켜 강물이 눈앞인 테라스에 앉았다. 왕복 2차선 도로변에 2층상가건물인 이곳은 바로 청평댐을 지나온 북한강물이 머문 듯 흐르고 건물 앞에는 마당도 넓다. 도로에서 망설임 없이 건물 앞마당으로 들어서면 그만인 이집은 참으로 명당이구나 싶었다.

우리의 경비는 회원 각자 매월 5만 원씩 저축해둔 회비에서 지출되고, 이 모든 계획은 우리들의 리더 안병옥 팀장이 기획한다. 팀장은 회장을 보좌하며 재정 담당 곽인희와 함께 일사천리로 진행한다. 맡은 일마다 막힘없이 깔끔하다. 생각해보면 팀장 주변에는 언제나 사람들이 따른다. 그녀 옆에 머물면 자석처럼 끌리는 흡인력에 헤어나지를 못한다. 그녀를 축으로 하여 사람들이 모이고 헤어진다. 그리하여 이전 수필 교실을 떠나온 우리는 평소처럼 매주 목요일 변함없이 만나서 공부하기로 뜻을 모으고 3개월마다 낭독회도 계속하기로 했다. 공부하고 미소 먹고 감동 마시며 사랑을 나누었다. 사람이 소중하고 아름답고 귀한 것을 지난날보다 더욱 온몸으로 느끼며 시간을 채운다.

오후 5시에 맞춰 첼시가든 지하에 테이블 다섯 개를 놓고 마주 앉았다. 이강순은 집에서 갑자기 복통이 왔지만 고통을 참아내며 와주어 18명 전원 참석이다. 한 테이블에 네 명씩 정부 시책에 맞춰 넉넉히 떨어져 앉았다. 이제부터 오늘의 주 프로그램 메뉴인 낭독회가 시작된다.

회장인 내가 인사말을 마친 후 가나다순으로 낭독을 했다. 수준작들을 다 읽고 나서 개별로 낭독회의 소감을 발표한다. 안혜영 수필가는 떠밀려 나온 부담의 앙금을 아직까지 떨쳐내지 못한다. 우리 모두 같은 마음으로 뭉친 한 가족이다. 한 달 이상 오늘 내일 하며 오락가락 하던 88세 어머니를 끝내 호스피스 병동에 모셔놓고 후회스럽고 아픈 마음 누르며 눈물짓는 곽인희 수필가는 오늘 하루가 가시방석이겠지. 엄마 곁에 둔 마음 거두지 못하는구나. 이미 떠나보낸 우리는 그 마음 알고도 남지.

피자를 곁들여 이탈리안 국수와 해산물로 저녁을 먹으며, 샴페인과 레드와인을 잔에 채우고 떠나갈 듯 건배를 했다. 박순호 수필가가 엊그제 직접 따서 버무려 만든 쑥떡은 정성도 넘치지. 맛은 또 얼마나 기막히더냐.

227

오늘의 낭독회는 밤 9시 반까지 계속되었다. 그런데 깜빡했구나. 우리 몽촌수필 단체사진 찍는 걸 놓쳤네. 그만큼 시간 가는 줄 모르게 재미있었다는 말이려니, 참으로 소중하고 순결한 오월, 행복한 하루가 이렇게 우리 곁에 머물렀으니, 오늘은 우리들 첫 번째 낭독회 꿈길 같은 하루였다.

계절마다 치러왔던 열다섯 해 동안의 낭독회이지만 떨어져 나와 다시 뭉친 우리는 지난날과 변함없이 치룬 첫 번째 낭독회여서 의미가 남다르다 싶어 이렇게 기록으로 남긴다.

2021. 5. 22.

파주 안개꽃과 양귀비꽃

풀잎 향기 그리워도

스무 해 넘도록 틈틈이 안부 전하면서 한두 달 소식 없어도 다시 웃는 낯으로 만나던 친구에게서 소식이 끊어졌다. 최근 서너 달 동안 연락 닿은 사람이 없고 작년에 그녀 이사를 해버려 찾아볼 방법이 없었다. 변고가 생긴 게 분명하구나, 애만 태우던 어느 날 요양병원에 입원 중이란 연락이 왔다.

병실로 찾아가니 눈빛만 초롱한데 모습이 낯설어 한 눈에 알아보기 힘들었다. 본래의 모습은 간곳없고 겨우 행색만 가늠할 뿐이다. 말기췌장암으로 의사들도 희망을 접었다고 들려준다. 본인도 이미 세상의 인연을 다 내려놓고 체념한 상태였다. 빨리 죽기를 바라건만 죽음은 쉬 오지 않고 고통만 심하다는데, 그 와중에 살아 온 날이 후회 없고 잘 살았다 미소 짓는 그녀는 축복받은 인생임에 틀림 없다. 전업주부면서 20여 년을 한 해 서너 번씩 70개국을 다녔던 그녀는 최근까지도 짐을 싸던 선택된 방랑자였다. 가까이에서 지켜봤던 나로서는 선망의 대상으로 틈만 나면 촬영 여행을 떠나던 그녀가 늘 부러웠다. 병실 이동 침대에 누워있는 손을 지그시 잡고 엎드려 그녀 볼에 내 볼을 대고 한참 동안 아직 남아 있는 온기를 느껴보았다.

그녀와 나는 올림픽공원을 사이에 두고 멀지 않은 이웃에 살았다. 사진

작가로 만나 사진 홈페이지에 작품을 주거니 받거니 하던 중 사진 작품 하단에 작가의 메모란 문장이 보통 솜씨가 아니게 다가왔다. 길지 않은 짧은 글들은 한눈에도 시적 감각이 뛰어나 시인으로 등단을 해도 되겠다 싶었다. 수필가로 등단해 활동하던 나는 그녀에게 우선 수필을 배워 보라고 권했다. 여러 번의 권유에 마지못해 따라나섰던 그녀는 두 해가 못 되어 수필가로 등단을 했다.

그러고는 얼마 안 있어 수필교실에 걸음을 끊어버려 서운한 마음이었는데 다시 두 해쯤 지났을까. 월간 『산림문학』 심사위원 임보 시인의 추천으로 시인으로 등단했다는 거였다. 제자리를 찾아 갔구나 여겼다. 그런 뒤 그녀는 꽃 사진을 곁들여 포토시화집을 두 권이나 출간하고 인사동에서 사진개인전과 출판기념회도 가졌다. 그래도 성에 차지 않았던지 박목월 시인이 창간해 40여 년 정간 없이 출판해온 월간지 『심상』에 시로 재등단하는 기염을 토했다. 2018년부터는 사진동아리 「장터」의 회장을 맡아 최근까지 아주 활발한 활동을 했다. 그녀는 평범한 가정주부가 아니었고 진정한 예술혼으로 일흔 중반의 나이토록 가정을 지켜가며 열정을 불태운 예술가였다.

돌아보면 카메라 장비를 짊어지고 그녀와 함께 보낸 날들이 여러 해다. 새벽 별을 가르며 서울에서 춘천으로 영하 15도의 호반 상고대 촬영을 다닌 일이며, 예천 그녀 친정집에서 친정아버지와 장터 촬영팀과 함께 묵었던 날이며, 본인 소유 사과밭에서 사과를 따던 장면들이 떠올랐다. 한국사진작가협회 원로 자문위원 40명을 자비로 관광버스를 대절해 예천, 안동 예향을 두루 관광시켜 드린 일은 사단寫團에 화제가 되기도 했다.

요즘은 시골에서조차 전통 양식으로 제대로 치르는 장례문화가 사라져 근래 보기 드문데, 그녀의 친정아버지 장례는 장엄했다. 상주와 인척들은 모두 삼베옷과 두건을 쓰고 상여꾼들도 흰 바지저고리에 흰 수건을 머리에 두르고 상여를 메고 상두꾼의 선창에 따라 장송곡을 불렀다. 만장을 휘날리며 격식에 맞춰서 시골 친정집에서 치른 아버지 장례는 장관이었다. 그녀가 맏이여서 모든 절차를 총지휘했다.

천마산, 남한산성으로 노루귀꽃 사진을 찍기도 하고, 틈만 나면 올림픽 공원 새벽 촬영에 나오라고 불러내 수많은 날을 같이 촬영도 했다. 촬영한 사진을 컴퓨터에 넣어 때때로 포토샵을 해 달라고 부탁해 오면 내가 사진을 수정해 주기도 했다. 가끔 내게 점심을 먹자고 청해 그녀 집에서 그녀 친구와 더불어 직접 만든 음식과 차를 마시기도 했다. 그녀 집 거실은 눈을 감고도 훤하게 그려질 정도다. 2층 단독주택 넓은 집 마당에 심은 단감나무에는 가을이면 탐스럽게 익은 굵은 단감들이 주렁주렁 매달렸는데 마음대로 따 가라고 사다리를 내주기도 했다. 평창에 사둔 만 평 가까운 산에는 장뇌삼이 많다며 그 산에 같이 가자고 졸랐다. 산을 오를 때마다 뱀이 너무 많아 무서워 혼자 갈 수 없다고 여러 번 청했지만 한 번도 시간을 내지 못했다. 그러던 중, 파란 이끼에 고이 사서 정성껏 포장한 장뇌삼 50뿌리를 선물로 받은 것은 차마 잊지 못한다.

가장 잊을 수 없는 추억은 사진가들로 구성된 인도령 티벳 접경 라다크를 함께 한 촬영 여행이다. 히말라야 해발 4,000m 언저리 비포장 길을 11일간 5천여 km를 자동차로 달리며 사진여행을 했다. 내 40년 사진 인생에서 가장 잊지 못할 아름다운 추억이 되었다.

어이 하나, 저 많고 따스한 기억 속에 나는 그녀에게 해준 게 별로 없다. 받은 것이 많아 갚아야 할 빚이 이렇게 많은데 어쩌나. 나는 아직 그녀 떠나보낼 준비를 못 하고 있었는데….

자작시 「풀잎 향기 그리워도」를 그녀 병실에 띄우며 부디 마음과 육신이 모두 평안한 귀천歸天이 되기를 빌어본다.

만나지거나 목소리로 듣거나 해도 보내고 나면 바로 또 달려가던 마음. 보내고 싶은 적도 보낸 적도 없는데 보고 싶은 마음만 가득하더니. 보여지는 것보다 숨어 있는 것들은 더 아름답지. 보이지 않아도 사랑은 숨 쉰다. 저 무성한 녹음 속에 숨어 지낸 매미야. 쩌렁쩌렁 울리던 네 노래는 어디 갔나. 아직 여름인데 노래가 떠났구나. 너는 벌써 세상에서의 미련을 버리고 생을 마감했더냐. 내일이라도 가야 한다면 미련 없이 훌훌 털고 떠날 수 있도록 하나씩 버리고 접어가야겠다. 날마다 달려가던 마음도 세월 따라 식어가고 죽을 만큼의 그리움도 흐려지는 게 삶 아닌가. 친구야, 잘 가시게. 풀잎향기 그리워도 한여름 살다가는 매미처럼, 우리도 가을 오면 먼 구름 속으로 낙엽처럼 흩날리려니. 거기 맛있는 찻잎이나 따 두게. 찻잎 우려 은은한 향기 마시며 마주 앉아 한바탕 육자배기나 불러보세.

2019. 11.

(췌장암 발병 5개월 만인 2019. 10. 23. 귀천한 시인 朴渭順 님을 그리며)

남천南天은 아득하고

바람은 어디서부터 오는지 아파트 6층까지 뻗은 회나무 잔가지에 바람이 머문다. 아카시아 잎을 닮은 작은 나뭇잎은 나슬거리고 새 한 마리도 따라 일렁인다. 생각보다 그리 무덥지 않은 초여름이다.

각별하던 친구 하나가 심근경색으로 떠난 지 여러 해 되었다. 열을 내며 바둑 4급인 그와 생사를 결판 지우던 친구가 떠나고 나는 그토록 재미를 붙이던 바둑을 접었다. 그러던 차에 또 엊그제 대구에 사는 막역한 친구가 뇌출혈로 세상을 떠났다. 육십 년 가까이 이승을 함께 살며 희로애락을 나눈 사이다.

멀리 있지만 찾아가면 언제나 거기 있겠거니 싶던 친구들이 떠나간다. 그때마다 어깻죽지 하나씩 꺾인 기분이다. '서리까마귀 울고 간 북천은 아득하고…' 언덕에 오를 때면 즐겨 부르던 친구의 테너 목소리가 그립다. 다시는 함께 부를 수 없게 된 그대 어느 하늘에 머무는가. 누구라 죽지 않을 수 있으랴만 좀 일찍 떠나면 서럽고 백 세를 살다 가면 잘 죽었다 한다. 오래 사는 게 복인가. 한 번도 가보지 않은 길을 헤쳐나간다는 게 쉬운 일은 아니다. 삶의 가치관이 가끔 헷갈릴 때도 있어 지나놓고 보면 온 길이 잘못되었구나 싶을 때도 있지만 다시 되돌아 갈 수 없는 게 인생이다.

이상문학관

자식의 공부 때문에 부부가 이산가족이 된 사람이 있다. 서울 강남 중심가에 의원을 개업하고 근처에서 살았다. 자식 둘을 미국으로 보내 선진사회의 학문을 수학하게 하고 아내는 공부하는 자식의 뒷바라지를 시켰다. 덩그런 집도 팔아치워 미국에다 투자이민 형식으로 집을 사게 했다. 그런 반면 홀로 남은 남편은 병원 옆에 작은 방을 하나 얻어 손수 밥을 끓여 먹으며 지냈다. 일 년에 한두 번 미국을 왔다 갔다 하는 게 유일한 낙이었다. 그게 올바른 가치이고 도리라 생각했다. 열심히 일해서 번 돈은 몽땅 미국으로 보내 아내와 자식들이 생활하는데 부족하지 않도록 했다.

그런 세월이 열다섯 해를 넘기자 이제는 귀국할 때가 되었다 싶어 나오라고 했더니 아내는 미국에서 젊은 애인이 생겼다며 이혼을 하자고 한다. 이 무슨 청천靑天 날벼락인가. 아내의 심중은 확고부동이다. 방법이 없어 끝내 이혼을 했다. 자식들도 오랜 세월 떨어져 살다보니 애비로서 정도 심어주지 못해 아버지에 대한 애정이 있을 리 없다. 부모로서의 당연한 의무이고 책임이었다며 냉정하다. 아내도 떠나고 자식도 멀어진 터에 삶이 무슨 낙인가.

칠십 중반에 의원醫院도 접었다. 가족이란 끄나풀은 서로를 단단히 묶어 지탱하던 밧줄이었는데 끊어지고 나니 우울증까지 생겼다. 삶에 대한 명분, 가치, 희망이 사라졌는데 의욕인들 남았겠는가. 홀로 길에 나서 유유자적인 체해도 누구나처럼 독거노인이다. 살아있다지만 보기에도 궁상맞고 딱한 처지에 도무지 외로움 때문에 삶의 존재감을 잃었다. 도대체 무엇이 가치 있는 삶인지 돌아보면 허망키만 하다. 한때 격렬한 바람 일어 두텁던 기억의 창문을 열고 별빛도 쏘였더니 누구는 내 귓가에 나지막한 속삭임만 남기고 사라졌는가. 아, 삶은 끊어진 첼로 세 번째 줄인 양 사랑은 그렇게 짧은 바람으로 왔다 흔적 없이 가버렸다. 머뭇거리고 참았던 아쉬움은 가슴에 시퍼렇게 멍든 자국만 남긴 채 손짓해 본들 대숲에 일 렁이는 바람 소리뿐이다.

이사를 할 때마다 느끼는 일이지만 지역이 생경하고 환경은 달라졌어도 어디든 정붙이고 살기 마련이다. 어찌 되었건 가족은 지지고 볶아도 비비 며 같이 살아야 한다. 함께 살아야 부부다. 헤어져 따로 사는 건 부부가 아니다. 남보다 부족하다 싶고 아쉬움이 있더라도 함께 살아야 정분이 유 지된다. 비워둔 집은 폐허가 되듯이 인정도 주고받지 않으면 말라 갈라지 고 터진다.

서울의 공기가 지방보다 나쁜 것은 사실이다. 그렇다고 삶의 터전을 떠 나기는 쉬운 일이 아니다. 나라의 심장인 서울은 한시도 긴장의 끈을 늦 출 수 없는 팽팽한 생활전선이다. 사회문화적 관계가 실핏줄처럼 연결되어 있어 살아 본 사람은 훌쩍 떠나기가 쉽지 않다. 사십 년쯤 살았고 아이들 셋 다 출가하여 내보낸 지도 십 년이 넘었다. 손주도 일곱이나 생겼다. 이 제 할 일도 다 했으니 한시름 놓아도 될 처지다.

서울을 벗어나 자연에 묻혀 살아가고 싶은 생각이 간절하다. 나무와 풀 꽃이 있고 나비가 날고 물이 흐르면 더 바랄 게 없겠다. 그런데 아내는 벌 레가 싫고 문화공간이 없어 시골은 살기 싫다며 거부한다. 혼자서라도 서 울을 탈출하고 싶은 게 내 마음이다. 살기 바빠 그동안 숨 돌릴 시간이 없었다. 친구란 오래된 장맛처럼 세월과 함께 정이 쌓여야 하는데, 귀인이 나타나듯 마음에 딱 맞는 사람이 갑자기 나타나줄 리 없지 않은가. 문 득문득 따분하고 적적할 때면 입은 옷 그대로 바람이듯 찾아가 차 한 잔 마실 수 있는, 소주잔에 안주삼아 빌어먹을 욕이라도 몇 순배 나눌 수 있는 친구가 그립다.

내가 자주 가던 식당인데 삼십여 년 휴일도 없이 추어탕 집을 운영하던 사람이 갑자기 문을 닫았다. 맛집으로 하도 소문난 곳이라 친구를 데리고 갔다가 헛걸음쳤다. 주인이 바뀐 걸까. 갑자기 병이 난 걸까. 여간 서운한 게 아니었다. 며칠 지나 다시 찾았더니 멀쩡히 문을 열고 반갑게 맞이한다. 어찌 된 일이냐니까, 우울증이 생겨 음식점 문을 닫고 무작정 사흘을 돌아다니고 나니 막힌 하수구 뚫리듯 속이 뻥 뚫렸단다. 인생살이 바람을 멀리하고 어찌 살아가리. 사진에 미치든 낚시를 하든 바둑을 두든, 정을 나눌 마음 맞는 친구가 가까이 있어야 한다. 그런데, 글은 뼈 속 깊이 외로움에 잠기지 않고서는 독자의 마음을 움직이는 글이 써지지 않는다고 한다. 배고픈 시절에 명시名詩들이 많이 태어난 걸 보면 수긍이 간다.

마음 같으면 하던 일을 접고 지금쯤 청보리 푸른 벌에 일렁이는 바람이 멋진 전라도 학원농장에나 가겠다. 거기 어디쯤 오래 못 만난 벗도 하마 그립다.

2015. 6.

237

남해 멸치털이

늦복

시 교실에 등록하고 두 해가 넘었을 즈음 시에 조금씩 권태를 느낄 때였다. 때마침 먼저 등단한 선배의 권유로 장소를 옮겼는데 그 후로 다시 시에 재미를 찾았다. 그리고 일 년이 못 되어 등단도 했다. 그런데 코로나 하루 감염자가 오륙백 명이 계속되자 정부 시책은 3단계로 격상되었고 이에 따라 수도권은 밤 10시 이후 모든 서비스업종이 영업을 못하게 하였다. 개인은 5인 이상 모임이나 식당을 이용할 수 없도록 강력했고, 이런 상태가 6개월 이상 계속되자 폐업하는 자영업자가 늘어나 명동 거리는 빈 점포가 줄을 잇는 가운데 사람들 발걸음도 뜸해졌다. 고령인데다 당뇨와 천식이 있는 나는 어쩔 수 없이 시 공부를 접기로 했다. 지하철을 타고 나가 열 명이 앉기도 비좁은 강의실 수업이 끝나면 식당으로 가서 저녁밥을 먹고 헤어지는 시 교실 분위기가 불안했기 때문이다.

그러한 나에게 있어 매주 목요일만은 좀 특별하다. 8호선 잠실역에서 천호동 방면으로 한 정거장을 가면 올림픽공원 정문 앞인 몽촌토성역이다. 그 부근 방이동에서 만나는 우리들은 일주일에 한 번씩 지난 1년 동안 함께 모여 수필공부를 했다. 이 날은 망설임 없이 기다려지는 시간이다. 지난 열다섯 해 동안 마치 굳은살이 박이듯 익숙하고 편한 날이 되어 버렸다. 처음엔 글을 쓰려고 시작된 발걸음인데 해가 더해질수록 글 못지 않게 흰 적삼에 감물〔靑枾〕 스미듯 회원들과 깊은 정물이 배어 버렸다. 이미 수필집을 출판한 회원도 여럿인 이들은 정년퇴임을 하였거나 직장을 다녀본 경험이 있는 가정주부들로 다양한 직업과 상관없이 글을 쓰고 싶어 모인 글쟁이들이다. 오전 11시부터 두 시간 수업을 마치고나면 삼삼오오 흩어져 점심을 먹고 그러고도 아쉬우면 차를 마시거나 야외로 나들이를 한다. 어제는 아우 K가 나에게 선물이라며 책 한 권을 내밀었다. 그냥 선물하고 싶었단다. 지난날 중등학교 교사에 재임했던 그녀는 퇴임 후 손주를 돌보는 평범한 칠십 대 가정주부이다.

아우 K가 건네준 책은 박완서 선생의 수필집이었다. 1970년부터 40여 년 동안 쓴 6백여 편 중에서 골라 담은 35편의 모음집인데 『모래알만 한 진실이라도』란 제목의 이 책은 선생 사후 10년 만에 그의 큰딸이 간추려 발행한 책이다. 손에 들자마자 단숨에 읽었다. 수필 한 편이 단편소설처럼 원고지 50장이 넘는 글도 있다. 그럼에도 막힘없이 책장이 넘겨졌다. 「때로는 죽음도 희망이 된다」 「마음 붙일 곳」 「그 때가 가을이었으면」 이 세 편은 특히나 마음에 와닿았다. 이 글들은 선생이 내 나이 때 쓴 글이어서 읽는 동안 가슴이 흥건히 젖어왔다. 사십 대에 늦깎이로 등단한 선생은 시대의 불운을 열정으로 승화시키며 죽을 만큼의 아픔을 글쓰기로 극복했다

선생은 나이 오십 중반에 남편과 아들을 석 달 간격으로 잃었다. 딸 넷에 아들 하나, 서울대학교 의과대학 레지던트이던 그 아들을 교통사고로 잃고 나서 따라죽을 결심까지 했었다. 남편을 떠나보낸 앙금이 채 가시기도 전에 다가온 생때같은 자식의 죽음 앞에 엄마로서 형벌 같은 참척慘慽의 아픔들은 견디기 어려웠다. 누구라서 다 키운 외아들의 죽음 앞에 초연할 수 있겠는가. 해방과 육이오를 관통하며 참으로 지난한 시대를 살

아온 선생이 얼마나 많은 회한에 잠겼던가를 유추하면 저절로 숙연해진다. 선생은 늘그막에야 글을 통해서 다시 젊은 시절로 돌아가 남자를 사랑해 보고 싶다는 마음을 내비쳤다. 남편과의 사별로 새삼 못다한 사랑이 그리웠나보다. 돌아보면 한 생애에서 사랑보다 더 귀한 게 없는 듯하다. 황혼기에 들어 생각해보니 살아온 인생이 후회 없다고 말할 수 있는 사람은 드물지 싶다. 다만 한 여자를, 또한 한 남자를 죽을 만큼 사랑해 본 경험이 있다면 확실히 후회 없는 삶이리라.

지난주 공부를 마친 우리는 양평군 서종면 북한강변에서 점심을 먹기로 하고 길을 나섰다. 양수리에서 남한강 줄기를 타고 양평으로 내달리는 길은 우리나라에서 가장 아름다운 드라이브 길로 뽑혔지만, 서울 춘천간 고속도에서 서종IC로 빠져 가평으로 향하는 양방향 2차선 지방도로도 그 못지않다. 북한강을 따라 꼬불꼬불 서종면을 통과하는 이 길은 숲이 터널처럼 드리워져 햇빛을 막아주고 강폭이 넓어 가슴이 뻥 뚫린다.

강물이 눈앞인 식당에 주차한 뒤 식탁에 자리했는데 화장실에 간 내가 오질 않자 아우 K가 나를 찾아 나섰다. 건물 밖 마당으로 나서는 K를 보고 "어디 가세요?"하고 불러 세웠더니, 가까이 와서는 "왜 저에게만 말씀을 낮추지 않으셔요!?" 라며 볼멘소리를 한다. 그녀와 대면한 지 8년 만에 그녀 스스로 나에게 말을 낮춰달라고 부탁을 하는 거다. 하긴 스무 명 회원 중에 83세 누님 한 분을 제외하고 유일하게 K에게만 말을 높이긴 했다. "그래? 오늘부터 이름을 불러줄게!" 하고 그녀의 이름을 불렀더니 "감사합니다 오라버니!" 라며 얼굴 가득 환한 미소를 보였다. 언젠가 모 초등학교 교장으로 정년퇴직한 J를 비롯한 여러 회원들도 내게 말을 낮춰달라고 요청해 왔다. 그 뒤로 내가 우리 회원들에게 이름을 부르는 일은 자연스러운 장면이 되었다. 오라버니, 더러는 오팡! 하고 불러주는 우리들 관계는 확실히 혈육이나 진배없이 친밀하다.

   사회에서 만난 인간관계로 더구나 이성 간에 말을 낮춘다는 건 쉬운 일이 아니다. 내가 막내여서 그런가. 누구라도 오빠라고 불러주면 마음이 열린다. 자라면서 오빠 소리를 들어보지 못한 때문이다. 내가 아홉 살이던 육이오전쟁 중에 지나가던 스님이 "그놈 참 늦복 있겠다."며 내 머리를 쓰다듬었던 기억이 난다. 끼니조차 못 때우던 생사의 갈림길에서 늦복이 무슨 소용인가 싶었다. 그러나 이제 와서야 그 스님이 참으로 혜안慧眼이었구나 생각해본다. 산수가 코앞인 이 나이에 수십 명의 여성들이 오빠라 불러주니 이 어찌 천복이 아니겠는가.

2021. 6. 23.

계간 『한국문학인』 2021. 가을호

추억

오십 대 초반이던 내가 육십 대 후반의 그분을 만난 것은 사진 때문이었다.

사진 입문은 내가 훨씬 먼저이지만 일찍 시작했다고 전문가는 아니다. 사진의 절대 조건은 실전경험이다. 다양한 빛의 조건에 따라 촬영이 완벽하게 수행돼야 한다. 예술이 다 그렇듯 혼자서는 깨우치기 어렵고 사진도 전문가에 대한 패러디가 필수다. 더구나 아날로그 시대이던 그때는 많은 시행착오 끝에 터득되던 촬영기술이었다.

그분은 촬영에 있어 탁월한 전문가였다. 그럴 수밖에 없는 게 나는 주말 한 번 나가기도 쉽지 않은데 그분은 직업이 없이 일 년 내내 촬영 여행을 떠났던 사진광이었기 때문이다. 연희전문 상과를 나와 사업을 했던 선배는 아내를 먼저 보내고 혼자가 되자 사진의 매력에 빠졌다. 경제적 여력도 되는지라 촬영에 몰두할 수 있었다. 선배는 나에게 운전대를 맡기면 편하다고 했다. 자연 그대로의 경관이나 일출 일몰의 아름다움을 좇아 전국을 함께 다녔다. 주로 도서 지역 무인도를 즐겨 찾았는데 서남해안 여러 섬을 다녔다.

서울에서 남해안은 거리가 멀어 이삼일 섬에서 묵을 때가 많았다. 그럴 때마다 저녁이면 술잔을 나누며 서로 다양한 삶의 뒤안길을 펼쳐놓았다.

목련꽃

촬영 소재가 많든 적든 여행 그 자체는 마음을 편하게 한다. 보길도는 섬이 넓어 자동차를 배에 싣고 가서 돌아다니며 구석구석 훑었다. 일출일몰이 다 가능하고 파도에 깎인 몽돌이 있어서 좋았다. 특히 즉석에서 삶아 말린 멸치는 신선도나 맛이 최상이었다. 소재가 많은 곳이면 일정을 다시 잡았는데 보길도, 청산도는 네 번씩이나 갔다. 우리는 풍경사진가로 자연경관은 물론이지만, 지역마다 다른 삶의 모습도 놓치지 않았다.

청산도는 유별나게 벼논이 많아 섬 전체가 벼논이다. 섬인데도 그 흔한 고깃배가 보이지 않는 것도 별스럽다. 영화 서편제 촬영으로 유명해졌지만 우리는 그 이전부터 다녔다. 바다로 둘러싸인 섬인데도 접안시설은 단 한 곳뿐으로 어업은 찾아보기 어렵고 그냥 시골 농촌이다. 섬으로는 큰 편에 속하는데다 거주 인구도 많아 장례문화도 특별했던 것 같다. 2006년 우리나라에서 유일하게 한 구의 초분草墳을 볼 수 있었는데 1년 남짓 지나 다시 갔더니 초분은 사라졌다. 초분은 집에서 멀지않은 곳에 한 평 남짓의 터를 잡아 나뭇가지로 삼각형 형태의 골격을 하고 위에 볏짚으로 이엉을 올린다. 용마루에서 지면까지 양쪽을 짚으로 내려 덮어 내부가 보이지 않게 가린다. 바닥엔 자갈을 평평하게 깔고 자갈위에 시신을 올려놓고 거푸집으로 사람 키 높이 집을 지어 가려놓은 가묘假墓 형태다. 이것은 백제 시대부터 전해진 도서島嶼지역 장례문화로 시신을 함부로 매장하지 않는다는 풍습 때문에 3년 정도 가묘형태로 두었다가 뼈만 추려 다시 땅에 묻고 봉분을 하는 장례 풍습이다.

내가 보았던 단 한 구 청산도 초분은 상주 되는 이의 살림살이가 얼마나 팍팍했던지 밭둑 옆에다 사람 허리에 겨우 미칠 만큼 낮고 규모도 작아 간신히 시신만 가려놓은 모습이었다. 뒤이어 2008년 진도군 영해면에서 3기를 본 것이 우리나라 초분의 흔적으로는 마지막이었다. 사진가로 살면서 이런 색다른 경험을 하게 된 것도 선배와의 도서지역 탐색이 동기였다.

선배와 통화한 지 서너 달 되었을까. 주로 내가 전화를 하지만 그 분도 가끔은 전화를 걸어왔다. 연세가 고령이니 귀도 잘 안 들려 통화가 원활하진 못해도 소통은 되었다. 선배의 동료들은 모두 떠나고 없어 주변에 친구가 없다. 사진가 동료로는 유일하게 나와 소통하고 만나던 사이였다. 다시 서너 달 되었지 싶어 전화를 걸었더니 불통이었다.

자작 시 「전화」로 선배님을 추억한다.

생각날 때 아무 때나 전화를 걸면 들려오는 그 목소리

몇 달이 지났어도 언제나 반가운 음성

모처럼 통화에 수다를 계속 하던 93세 내 사진 선배.

"누구라고? 응, 윤 사장이야? 별일 없었구?

종일 있어봐야 대화 상대가 없다보니

반가움이 덕지덕지 묻어나는 활기찬 톤

친구들 다 죽었어. 아무도 없어이제. 윤 사장 달랑 하나뿐이라구

잠들기까지 TV 수신기랑 동무삼아 종일 영화나 드라마 켜놓고

소파에서 이리저리 뒹굴며 욕창이나 생기지 않기를

정오쯤 식빵 한 조각에 통조림 햄 잘라 올려 한 입 베어 물고

맥주 컵에 소주 반잔 붓고 그 위 콜라 가득 채워 한 잔 마시면 끝

그나마 하루 한두 끼니인데 밥과 반찬은 먹어본지 오래

일 년에 두세 번 원하는 외식을 시켜 드리려도

한사코 거절해 뜻을 이루기도 쉽지 않다.

보기에도 쓸쓸하고 견디기도 아슬아슬 홀아비 노인

어깨뼈 골절이 오고부터 바깥출입도 못하고

한 손에 지팡이 한 손은 벽을 짚어가며 오가는 아파트 거실

얼마나 그리움에 사무쳤기 중복되는 말과 말의 순환

뭐라구? 잘 안 들려, 다시 말해 봐! 되묻던 선배가

오늘은 전화를 받지 않는다.

화들짝 놀라 그야말로 다시 한 번 수취인 확인을 한다.

얼마 만인가. 짚어보니 서너 달.

평소와 다름없이 늘 그랬던 안부전화였는데 죄지은 것만 같다.

밤새 안녕이라더니 그새 돌아가셨나. 구십 넘은 노령이라니

누구에게 확인할 방법도 없어 가슴에 서릿바람 한 줄기 훑고 지나간다.

열여섯 나이차이 큰 형님 같던 마지막 남은 선배가 떠나셨다니

가을비 차갑고 마음 흥건히 찬비 맞는다.

"이 번호는 없는 번호입니다 다시 확인하고 걸어 주십시오."

—사진작가 白潤基 선배님을 그리며

2019. 9. 21.

월간 『한국수필』 2020년 7월호

조암 김성열 양구춘

양구춘 김성열 조암 친구들

친구여, 안녕

대구에 사는 친구로부터 전화가 왔다. 두 달에 한 번꼴로 주거니 받거니 안부를 묻는 친구이다. "잘 있었는가?" 그런데 오늘은 들려오는 목소리가 전혀 생소하다. "저 ○○씨의 동생인데요, 형님이 오늘 돌아가셨습니다."

대체 이게 무슨 소린가? 보름 전에 통화할 때도 멀쩡히 농담을 주고받았던 친구였는데 믿어지지가 않는다. 한동안 가슴이 무엇엔가 커다란 무게로 내리누르는 답답함을 느꼈다.

몇 년 사이 친구 둘이 순식간에 유명을 달리했다. 하나는 심근경색으로 이번엔 뇌출혈로 한마디 귀띔도 하직 인사도 없이 갑자기 세상을 떠났다. 칠십 대 중반을 지나는 우리는 도무지 앞날을 예측할 수 없는 삶을 살아내고 있는 것 같다. 삶이 삶 같지 않고 요즘 들어 살아있다는 것이 허망한 생각만 든다. 그 친구와는 십 대 때부터 지금까지 변함없는 우정을 나누던 사이이다. 대구를 떠나 서울에 정착한 지도 40여 년. 가까이 살지 못하니 전화로 안부를 주고받았다. 그러다 만나기라도 하면 어김없이 술잔을 기울이며 회포를 풀지만 헤어지면 언제나 미흡하고 아쉬움만 남던 친구였다.

친구를 만난 것은 대구 구세군교회 부설 고등공민학교에서다. 낮에는 일하고 밤에는 공부하겠다고 모인 십 대 후반에서 이십 대 초반의 불우한 청소년들, 중·고등학교 전 과정을 삼 년에 마치는 속성학교지만 향학열에 불타던 젊은이들이었다. 일 년 만에 중학교 과정을 마치고 다시 일, 이 년쯤 지나면 고등학교 검정고시를 통과하여 대학에 진학하기도 했다. 대학에 뜻을 두지 않은 젊은이는 직장이나 개인사업에 충실하며 서로의 우정을 돋우는 젊음의 장이었다. 남녀공학이라 그곳에서 더러는 사랑을 꽃피우며 청춘을 불태우기도 했다. 예배당에서 받는 수업이 무슨 학교냐고 생각하겠지만 거기서 맺은 우정도 죽을 때까지 변하지 않고 일반 학교와 마찬가지로 돈독한 관계를 키워 나갔다. 우리 둘은 특히 가곡 부르기를 좋아해 소주라도 한 잔 걸치면 어깨동무를 하고 '돌아오라 소렌토로'나 '산타루치아'를 즐겨 불렀다.

1964년, 이십 대 초반의 친구들 열세 명이 모임을 결성했다. 회 명칭을 '여명회黎明會'라 짓고 회칙도 만들었다. 회명도 회칙도 내가 만들고 초대회장도 내가 맡았다. 그 모임에서 계금契金이 수천만 원으로 불어나 우리들 결혼자금과 아이들 혼사 때마다 계금은 상당한 일조를 했다.

아직도 모임은 이어져 매월 만나는데 네 명이 유명을 달리해 지금은 아홉 명만 남았다. 기금은 모두 배분하여 통장도 없애고 이제는 매달 일정 금액을 추렴해 술잔이나 돌리는 모임으로 축소됐지만 오십여 년 정분과 인연은 아직도 건재하다. 그동안 제주도며 울릉도, 남해 등 부부동반 여행도 여러 번 다녔다. 얼마나 친분이 두터운 우정을 나누었던가.

그런데 친구들이 하나 둘 죽으니 그 부인이나 가족은 다시 소통이 안 된다. 본거지가 대구이니 대구 어딘가에 살겠거니 싶으면서도 아이들이 결혼했는지, 남은 가족은 어떻게 사는지 궁금할 때도 있다. 그러나 전혀 소식을 알 길이 없고 누구도 정보를 가진 사람이 없다. 대구에 내려갈 때마다 바둑을 두던 친구도 가고 없으니 많이 허전하다. 바둑 4급인 내가 유일하게 그 친구를 만나면 함께 하던 놀이였는데 친구가 떠나고 난 뒤 바둑은 몇 년째 손을 놓았다. 기원에 가든지 온라인으로라도 바둑을 둘 수야 있겠지만 그 정도까지 빠진 것은 아니다. 다만 그 친구와 대작하면 정치며 사회를 얘기하면서 서로 욕설이라도 시원히 내뱉을 수 있어 막힌 하수구가 뻥 뚫리는 기분이 들곤 했었다.

내 직업인 전통표구 제작과 기계 설비를 갖춘 액자제작은 요즈음 작업 중에 눈이 침침하고 팔다리 근육도 줄어 이제는 자꾸만 처지고 힘겹다. 그래도 지금까지 직업을 붙잡고 있으니 다행인가. 아직은 아침마다 출근할 곳이 있어서 심심할 겨를은 없다. 작업실 일감이 없을 때는 그렁저렁 글쓰기와 사진 찍기에 시간을 보내지만 친한 친구가 세상을 등진다는 것은 날갯죽지 하나씩 떨어져 나가는 기분이라 여간 아프지 않다. 저 오랜 나날 함께 한 삶의 단편들이 무대 밖으로 사라져버려 허망하기 그지없다.

251

오늘은 내가 찍어놓은 활짝 웃는 친구 모습을 스마트폰 갤러리에서 꺼내 큰 화면으로 띄워놓고 바라보며 눈물짓는다. 다시는 친구를 만날 수 없다는 사실이 슬프고 가슴에는 안개비가 내린다.

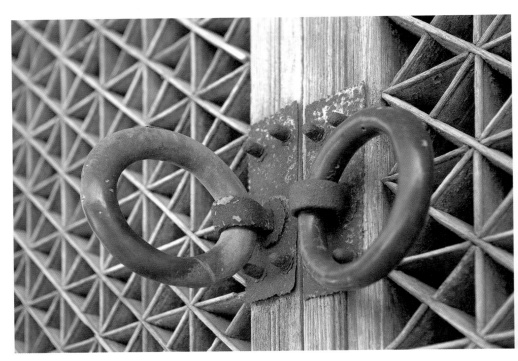

신흥사 문고리 2005.

인연

　사람이 일생을 사는 동안 대충 300인과 인연을 맺는다고 한다. 그 인연이란 혈육을 포함하여 계속 만남을 이어가는 관계를 말한다.

　"괜찮다. 친구끼리 미안한 거 없다" 곽경태 감독의 영화 『친구』에서의 대화 내용이다. 절친 5명이란 기대어 울 수 있는 관계다. '죽는다면 진짜로 슬플 것이다'에 15명, 그저 좋은 친구는 50명 정도로, 파티에 초청할 수 있는 사람이다. 친구란 150명이 한계다. 친구는 도와줬을 때 보상을 바라지 않지만, 그 이상은 호의를 되돌려 달라고 기대한다. 온라인상의 친구도 169명이 한계로 나왔다. 친구가 많을수록 덜 아프고 더 오래 산다.

　미국 브리검 영 대학 연구진이 30만 명을 조사한 결과 생존율에 가장 큰 영향을 미친 것은 사교활동 수치였다. 친구의 수와 면역반응이 비례한다. 우정을 유지하는 비결은 직접 만나 친구의 웃음소리를 듣는 것이다. 여기서 화상통화는 직접 만나는 것과 비슷한 효과를 나타냈다. (백영옥 소설가/ 조선일보 보도)

　태어난 고향에서부터 여태 살아오는 동안 스쳐 간 인연은 대체 얼마일까. 사진에 취미를 두고 삼십 대 초반이던 1975년 처음으로 인연을 맺은 곳이 대구사진연구회다. 사진이 무엇인지 그 진한 맛을 처음 느끼게 해준 곳으로 올해 창립 56주년을 맞는 가운데 김석규金錫珪 회원과는 아직도 문자를 주고받는다. 해방과 더불어 1945년에 창단한 「대한사진예술가협회」는 우리나라 최초의 사진단체로 전국에 14개 지회를 두고 있다. 1990년도에 가입하여 그 사진단체의 서울 본회에서 내가 총무이사를 수행하던 5년 동안 전국 400여 회원과 교류를 했지만, 지금은 스무 명 정도 인연을 이어간다.

2005년부터 10여 년간 사진 개인 홈페이지를 운영하면서 회원 수 300여 명, 다녀간 방문객이 80만 명이던 때는 수시로 전국회원들과 문자를 주고받았다. 내 작품갤러리를 위시하여 손님갤러리의 명품사진 수만 컷이 하루아침에 날아가 버렸을 때는 한동안 식음을 전폐하다시피 했다. 10년간 누적된 저작물(우재갤러리, 작품갤러리, 풍경갤러리, 손님갤러리, 꽃과 식물, 인물갤러리, 기타 갤러리, 가족갤러리, 커뮤니티/ 공지사항, 자유게시판, 시&수필, 흔적 남기기)을 홈피 관리업체의 소홀로 허공에 날려 버렸는데 끝내 되살려내지 못했다.

한국불교사진협회 회장과 한국예술사진협회 감사, 한국사진작가협회 창작분과운영위원, 송파구사진작가회 부회장을 거치며 사진으로 맺은 인연은 수천 명이지만 지금은 50여 명과 함께하고 있다.

2005년부터 제대로의 글쓰기를 위해 아주대 평생교육원, 수원 동남보건대 평생교육원 등에서 수필공부를 하다 2년 뒤 잠실롯데백화점 문화센터 목요수필교실에 등록한 것은 잘한 일이라기보다는 생각할수록 운명 같은 인연이었다. 모두 여성회원들로 이루어진 그 교실에서 유일한 남자로 그들과 계속하여 수년간 버텨내기란 굳은 인내심이 필요하긴 했었다.

가곡 교실과 시 교실 등에서 2년 정도 배움을 이어갔다. 그러다 장소를 옮겨 월간 문학바탕 시 교실에서 등단하기도 했다. 수필 교실은 그렇게 한곳에서 14년 차 꾸준히 다니고 있었는데, 그런데 그만 사건이 터졌다. 선생과 학생 간에 마찰이 생겨 2020년 말 열세 명의 회원이 한꺼번에 퇴출당하는 불상사가 생긴 것이다. 그때까지도 남아 있던 나는 그동안 빠지지 않고 공부를 계속해 온 것이 순전히 선생의 탁월한 교습 때문이라 믿었었는데 그게 아니었다. 주週 1회 만나온 회원들과의 인연의 동아줄이 너무 질겨서 선생 때문이 아닌 것을 금방 알아버렸다. 떠나간 얼굴들은 마치나 연인인 양 도무지 잊히지 않아 선생의 만류에도 불구하고 나도 그 교실을 떠나지 않을 수 없었다. 그것은 참 안타까운 결별로 수필교실뿐만 아니라 지난 십여 년간 엮였던 수필문학회마저 탈퇴해야만 했다.

그러고 나서 떨어져 나온 회원들끼리 우리의 만남은 바깥에서 계속 이어졌다. 이 모임의 근저에는 강력한 자성磁性을 지닌 한 여성을 구심체로 화합할 수 있었다. 그녀는 어둠속에 불나비가 날아드는 불빛처럼, 닿으면 뭉치는 물처럼, 어울리지 않고는 못 배길 사랑의 원천源泉었음을 우리 모두 부정하지 않는다. 우리는 「수필21」로 이름도 새로 짓고 회원 수도 불어나 20명이 주 1회 모임을 꾸준히 이어갔다.

그렇게 1년이 되어감에 따라 동인지를 발행하려는데 문공부 등록단체인 계간 『에세이21』 발행인이 어떻게 알았는지, 나와 친분이 두터운 대구의 구활具活 선생에게 메일을 보내 수필21 회장인 내게 연락을 해 이름을 바꿔 줄 것을 부탁해 왔다. 구활 선생으로부터 연락을 받고 우리는 개명 작업에 돌입 이틀 동안 격렬한 이름 공모 끝에 '수필21'을 버리고 '몽촌수필夢村隨筆문학회'란 새로운 문학회를 탄생시켰다. 8호선 잠실역에서 천호 동쪽 다음 정거장이 몽촌토성역인데 올림픽공원 정문이며 88올림픽 '평화의 문' 앞이다. 우리들은 그동안 지하철 몽촌토성역 2번 출구에 내려 방이동에서 1년 동안 수필공부를 이어갔으므로 몽촌토성역은 둥지같은 못 잊음인데, 뿐이랴? 몽촌은 '꿈꾸는 마을'이란 의미이니 이 얼마나 정감어린 호칭인가.

이전에 잠실롯데에서 열다섯 번의 동인지에 참여했지만 『몽촌수필』로 다시 태어나서 첫 번째 동인지이다. 이름만 바꾸었을 뿐 우리의 인연은 계속되었고, 해마다 출판해 온 것처럼 변함없이 이어질 것이다. 살아온 인생 이야기와 짜릿한 경험을 책으로 세상에 내보인다는 것이 어찌 자랑스럽지 않겠는가. 몽촌수필문학회는 보란 듯이 한국문단에 꼭 필요한 존재로 성장하고 진일보할 것이다.

누님과 아우 등 우리 모두는 핏줄보다 더한 사랑으로 뭉쳐 관계란 말의 화신化身으로 남으리라.

2022. 2.

준비 없는 이별

잠실롯데문화센터 가곡 교실이 문을 닫은 지 2년이 넘었다. 코로나 여파였다. 같이 다니던 몇몇 교우들과는 한동안 문자를 주고받았는데 그중에 한 사람 서양화가 조정숙 씨와는 남다른 친분으로 지냈다.

2018년 5월, 한국불교사진협회 회원전이 열리고 있는데 내 작품도 있다고 했더니 바로 전시장으로 가자고 해 인사동으로 향했다. 그녀는 전시된 16R 크기 내 작품을 보자마자 재무간사와 상의하여 즉석에서 현금을 지불하고 구매를 했다. 의성 대곡사에서 2006년에 촬영한 석불 얼굴로 투영된 빛이 절묘하여 명품으로 빛난다고 극찬을 했다.

이후 그 석불은 그녀 탁자 위에 성모마리아상과 함께 나란히 놓여 그녀가 아침마다 합장하고 기도를 드리는 신이며 종교가 되었다. 그녀는 불교신자이면서 가톨릭신자였다. 그렇게 의기투합한 우리는 마침 한국 최초로 전시되는 팝아트 전시장인 서울 역삼동 르메리디앙 호텔 M Contemporary에 동행했다. 호텔측 요청에 따라 조 화백의 그림으로 프린트를 한 팝아트 형식의 의류를 판매하는데 그 동향을 살피러 가는 길이었다. 그녀의 그림은 컬러 추상으로 현장에서 옵셋 잉크롤러로 밀어 찍어내기 바쁘게 의류들은 팔려나갔다. 나도 내 맘에 드는 그림으로 인쇄된 러닝셔츠 한 점을 사 가지고 왔다.

愚齋 尹中一 크로키 (趙貞淑 作)

그녀는 국내에서 잘 알려진 팝아트 선구자로 드로잉이 특기였다. 예술의 전당에서 세 차례 300호 대형작품 전시회를 열기도 했는데, 매주 토요일이면 잠실 롯데문화센터 화실에서 실물 누드모델을 세워 놓고 열 명 남짓 회원들의 드로잉 모임을 지휘했다. 실물 누드를 매일 세 시간 이상 드로잉하지 않으면 손가락에 녹이 슨다고 말하는 그녀의 서초동 2층 화실에는 날마다 누드모델이 오후 4시에 시간 맞춰 대기한다. 세 시간 동안의 모델료는 스케치북에 드로잉한 그림 한 장으로 충당된다. 모델과 그녀와는 암묵적 불문율로 그렇게 계약이 되어 있다. 모델은 자신이 모델이 된 그림 한 장이 그만큼 가치를 두고 있기에 이루어진 계약이다. 조정숙 화백의 모델이 되었다는 그 자체가 모델의 커리어가 된다. 그래서 조 화백에게 모델이 되겠다고 희망하는 여성 모델은 줄을 서 있다. 까다롭기로 소문난 조 화백은 초보 모델은 사양한다. 중진 모델조차도 그녀에게 가끔 호된 꾸지람을 듣는다고 알려져 있다.

조 화백은 13년 동안 단 한 번의 결석 없이 주 1회 가곡 교실로 출석했다. 성악가 뺨칠 만한 실력을 소유한 조 화백은 대형성당의 솔로 파트를 소화하는 성악가이기도 했다. 그녀의 말을 빌리면 주 1회 발성 연습을 하지 않으면 목에 변성이 온다고 믿는 아마추어를 탈피한 예술가였다.

그녀가 좋아하는 또 다른 모델은 고목古木등걸이다. 고목 껍질의 불규칙한 곡선과 잘려나간 옹이 등을 유심히 관찰한다. 우선 나무를 한 바퀴 둘러보고 잘생긴 위치를 잡아 두 다리를 뻗어 퍼질러 앉는다. 스케치북을 허벅지 위에 올려놓고 목탄으로 드로잉하는데 한 시간이면 스케치북 몇 권이 채워진다. 그녀가 사용하는 그림판은 다양하다. 주로 백지 스케치북이지만 그릴 수 있는 것은 무엇이거나 마다하지 않는다. 내 작업실에 왔다가 액자 제조용으로 사용하는 광목배접 두루마리(폭1.2m*30m)를 한 묶음

사 간 적도 있었다. 그것을 적당한 길이로 잘라서 쓰겠다는 것이다. 이는 상당한 고가여서 그림 재료로 사용하기 쉽지 않은 결정이었다.

한번은 우리나라에 산재한 고목의 소재지를 알려달라고 하여 전라도에 거주하는 사진가 강승규 아우에게 부탁하여 전국에 분포된 고목 30여 곳을 찾아서 건네준 적이 있다. 이것은 몸소 찾아다니며 발굴한 것이어서 아무에게나 알려 주지 않는 비문秘聞에 가까운 거였다. 전남 강진 병영 은행나무, 충북 영국사 은행나무, 경기 양평 용문사 은행나무 등 최소 500년에서 1,500년 된 고목들이다. 한번은 경기 광주시 향교 옆에 자리한 고목을 찾아 같이 갔었다. 어른 둘이 팔을 벌려도 안을 수 없는 거창한 은행나무 고목을 앞에 두고 목탄과 크레용을 옆에 놓고 10초에 한 장꼴로 드로잉을 한다. 그런데 어느 것 하나도 같은 것이 없다. 넓고 굵은 선이다가 가늘고 긴 선이 뒤섞여 백지에 그려진다. 그녀의 손놀림은 신들린 듯 한자리에서 백 장 넘게 고목나무 등걸을 두고 드로잉을 하더니 갑자기 일어선다.

그날 작업은 끝이라는 거다. 그리는 동안 나무와 대화도 한다. "나무야 잘 있었니? 반갑구나. 너는 어딜 보니? 나를 봐. 웃어보렴. 너 참 잘 생겼구나."라며 중얼거린다. 한 번에 백 장 이상 그린 것들은 작업실로 가져가 여러 형태로 칼이나 가위로 오려지고 덧붙여 풀로 붙이고 그 위에 컬러페인팅이나 물감으로 색깔을 입혀 새로운 형태의 작품으로 재탄생한다. 그녀의 낡은 차량 뒤 트렁크에는 갖가지 페인트 통을 비롯하여 두루마리 용지와 스케치북, 목탄, 커터 칼, 크레용 등 그리기 위한 재료들이 빼곡히 가득하다. 크기도 다양한 밀폐용 반찬통이 열 개 정도 그녀에게는 그림도구들로 채워져 있다.

고목을 찾아갔다가 돌아오는 길에 같이 식사하고 차도 마셨다. 그럴 때마다 내 얼굴 스케치를 좀 해 달라고 몇 번이나 졸랐으나 아무 말이 없다. 해주겠다거나 못한다는 약속도 한마디 없다. 과천에서 유명한 추어탕 집에서 식사하고 돌아오는 길, 그녀의 2층 화실을 먼발치에서 얼핏 한 번 구경한 적이 있었다. 그러다 코로나로 인하여 가곡교실 교습이 중단되고 우리는 다시 만날 이유가 없어 연락이 끊어졌다.

만 2년이 지난 어느 날 가곡교실 총무로부터 전화가 왔다. 그동안 중단되었던 가곡 교실이 2022년 9월부터 다시 열리니 참석하라는 거였다. 나는 요즘 건강에 자신이 없어 일단 지켜보겠다는 말을 전했다.

그런데 총무로부터 청천벽력 같은 소식이 전해졌다. 조정숙 화백이 별세했다는 거다. 그도 이미 1년이나 지난 일이라고 했다. 대체 무슨 일이냐고 다그쳤더니 설암舌癌으로 발병 석 달 만에 돌아가셨다고 한다. 평소 그녀는 1년 내내 감기 한 번 걸린 적이 없었다. 매일 밤 양재천에서 한 시간씩 자전거를 타고 빨리 달리기를 하는데 비가 오나 눈이 오나 빼먹은 적이 없었다. 육십 대 후반이면 대개 성인병으로 한두 가지 먹는 약이 있을 것이다. 하지만 그녀는 일 년 중 약국이나 병원에 간 적이 단 한 번도 없는 강골 체력이었다. 그런 그녀가 죽었다는 사실은 도무지 믿기지 않았다. 미리 소식을 들었다면 입원 중에라도 한 번 찾아봤으련만 소식을 들은 그날 하루 종일 그녀 생각으로 괴로워 몸부림을 쳤다. 눈앞에 너무나 생생한 그녀 모습 선한데, 그녀가 세상에 없다는 사실이 믿기질 않았다. 그녀가 살아 있다면 평소와 다를 이유도 아무런 생각도 없을 하루다. 그런데 그녀가 이 세상에 없다는 사실 하나가 이토록 마음에 괴로움을 가져다준단 말인가.

만날 때마다 졸라도 무심이더니 어느 하루 칼국수를 먹던 날 자기 핸

의성 대곡사 석불

드폰 케이스 플라스틱 커버를 뜯어내고 케이스 바닥 검은 종이를 찢어 내더니 드디어 내 얼굴 스케치를 하기 시작했다. 한 손은 공중에 띄워놓고 청홍볼펜 몇 개 이리저리 분주하게 오갔다. 식사 중에 5분 정도 내 얼굴을 정 중앙에서 쳐다 보고는 그리고 바라보기를 반복하더니 오른쪽 하단에 선명하게 J2SUK이라 사인을 해서 내 밀었다. J가 두 번 반복되어 J2숙이라 적는단다.

나는 그림을 보고 까무러칠 뻔했다. 어쩜 얼굴의 포인트만 살려서 이토록 명쾌하고 흡사하게 그려낸단 말인가. 손바닥만 한 작은 그림을 받아들고 나는 감개무량해서 연신 고개를 숙였다. 정숙 쌤 정말 고마워요. 기뻐하는 나를 보며 그녀는 벙긋 미소만 지었다. 그로부터 그녀가 그려준 얼굴 스케치 크로키 그림을 내 명함에 넣었고 대외에 발표하는 프로필 사진으로 차용했다. 너무도 마음에 들었다. 이런 사실을 그녀에게 말한 적이 없었다. 언젠가 코로나가 해제되면 다시 만나게 될 것이고 그때는 어떤 형식으로든 사례를 해야겠다고 벼르던 참이었다.

그동안 왜 한 번도 그녀에게 연락을 하지 못했나? 후회가 밀려왔다. 미적적적 바로 결단을 내리지 못하는 내 성질머리에 화가 났다. 후회는 죄가 되어 무너진 건물더미에 깔린 듯 옥죄는 고통으로 다가왔다. 무엇보다 그녀를 다시 만날 수 없다는 사실이 나를 절망의 나락으로 떨어지게 했다. 갑자기 그녀가 그리워 눈물이 났다. 그날 밤은 그녀 생각으로 잠도 오지 않았다.

이미 오래전에 이승을 하직한 서양화가 조정숙趙貞淑 님의 영전에 뒤늦게나마 머리 숙여 간절한 마음으로 극락왕생화복을 빌어본다.

사랑스러운 이여, 고통 없는 저승에서 그대 평안히 영면하시라.

2022. 6. 22.

포토 에세이

불편한
침묵

윤중일 글·사진